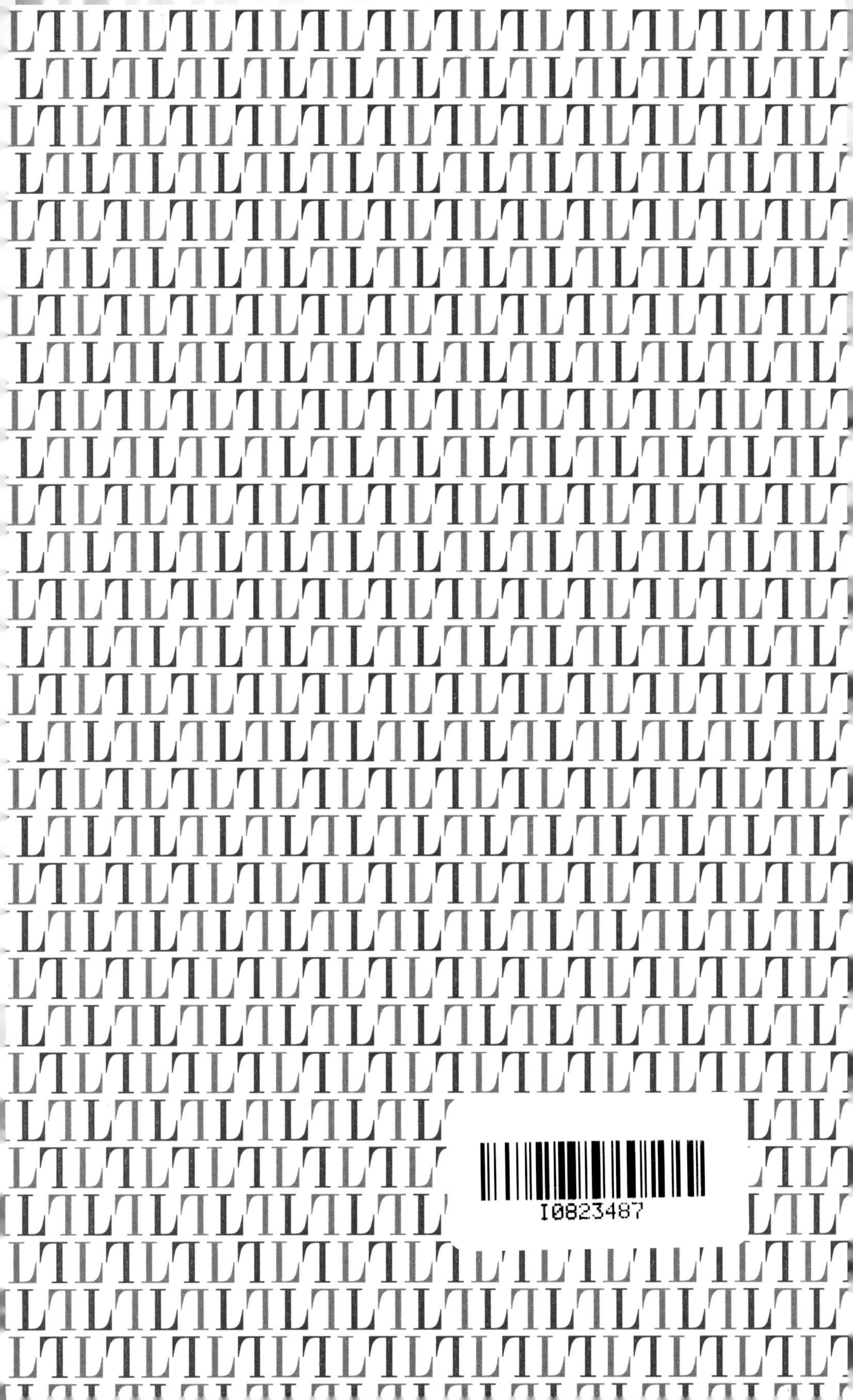
I0823487

Tres días de junio

Tres días de junio

Anne Tyler

Traducción del inglés
de Ana Mata Buil

Lumen

narrativa

Papel certificado por el Forest Stewardship Council®

Título original: *Three Days in June*

Primera edición: abril de 2025
Tercera reimpresión: septiembre de 2025

Printed in Spain – Impreso en España

ISBN: 978-84-264-3188-2
Depósito legal: B-2691-2025

Compuesto en M. I. Maquetación, S. L.
Impreso en Liberdúplex
Sant Llorenç d'Hortons

H 4 3 1 8 8 2

Uno

El Día de Belleza

La gente ya no da golpecitos al reloj; curioso, ¿verdad?

Me refiero a los relojes de muñeca normales. ¿A que antes la gente siempre les daba golpecitos con los dedos?

Mi padre, por ejemplo. Tenía un reloj Timex con la esfera tan grande como una moneda de cincuenta centavos, y siempre que mi madre lo hacía esperar fruncía el entrecejo, miraba el reloj y le daba un toquecito. Ahora que lo pienso, supongo que quería decir: «¿Cómo es posible que sea esta hora? ¿En serio es tan tarde?». Pero cuando era pequeña, imaginaba que intentaba hacer que el tiempo transcurriera más rápido... para que mi madre apareciera delante de nosotros en ese mismo instante, ya con el abrigo puesto, como en una película a cámara rápida.

Me acordé de eso hace poco, un viernes por la mañana en que Marilee Burton, la directora del colegio donde trabajaba, me pidió que entrase en su despacho cuando pasaba por delante de su puerta.

—¿Por qué no entras un momento y hablamos? —me preguntó.

No era algo habitual. (Nuestra relación era bastante formal). Señaló con la mano la silla Windsor que había frente a su mesa, pero me quedé en el umbral y ladeé la cabeza.

—He pensado que debería contarte que el lunes no vendré a trabajar —dijo—. Tienen que hacerme una cardioversión.

—¿Una qué? —pregunté.

—Un tratamiento para el corazón. No late bien.

—Ah —contesté. No podía fingir que me sorprendiera. Era una de esas mujeres femeninas que llevan tacones en cualquier ocasión, la candidata perfecta para las enfermedades cardiacas—. Vaya, lo siento mucho —añadí.

—Van a darme una descarga eléctrica para detenerlo y luego lo pondrán en marcha otra vez.

—Ajá. Como darle golpecitos a un reloj.

—¿Perdón?

—¿Es peligroso? —pregunté.

—No, qué va. En realidad ya me lo hicieron una vez. Pero fue durante las vacaciones de primavera, así que no vi la necesidad de comunicarlo.

—De acuerdo —le dije—. ¿Y cuánto tiempo te ausentarás?

—El martes ya estaré de vuelta, como nueva. No hace falta que modifiques tu rutina en absoluto. Aunque... —dijo, y entonces se sentó más erguida detrás de la mesa; carraspeó; alineó con brusquedad un taco de papeles que no era preciso recolocar—. Aunque eso me recuerda un asunto del que quería hablar contigo.

Yo también erguí un poco la columna. Siempre estoy muy alerta al tono de voz de la gente.

—Pronto cumpliré sesenta y seis años —dijo—, y Ralph ya tiene sesenta y ocho. Ha empezado a decir que le gustaría viajar un poco y ver más a nuestros nietos.

—Muy bien.

—Así que estaba pensando en jubilarme antes del comienzo del próximo curso.

El siguiente curso empezaría en septiembre. Ya estábamos a finales de junio.

—Entonces... ¿significa eso que yo pasaré a ser la directora?

Era una pregunta perfectamente lógica, ¿no? «Alguien» tenía que hacerlo. Y yo era la siguiente de la lista, desde luego. Había sido la ayudante de Marilee durante once años. Pero Marilee dejó que se prolongara el silencio, como si yo hubiera supuesto demasiadas cosas.

—Bueno, de eso quería hablar —dijo a continuación.

Separó la primera hoja del montón de papeles del escritorio y le dio la vuelta para que yo pudiera leerla. La deslizó por la mesa. Di un paso adelante a regañadientes y entrecerré los ojos para ver de qué se trataba. Era una hoja escrita a máquina con un recorte de periódico grapado en una esquina: una foto en blanco y negro de una joven seria con el pelo moreno y rizos muy marcados. «El estudio de una educadora de Nashville sobre diferencias en el aprendizaje gana el premio McLellan», rezaba el titular.

—¿Nashville? —pregunté. Vivíamos en Baltimore. Y no tenía ni idea de qué era el premio McLellan.

—Le hablé de ella al consejo cuando empecé a pensar en jubilarme —dijo Marilee—. Dorothy Edge; quizá hayas oído hablar de ella. Leí su libro, ¿sabes?, y me pareció impresionante.

—Le hablaste de ella al consejo —repetí.

—Al fin y al cabo, Gail, ya tienes sesenta y un años, ¿me equivoco? No seguirás trabajando muchos más.

—¡Tengo sesenta y un años! —exclamé—. ¡Aún me queda un trecho para la jubilación!

—No es solo cuestión de edad —me dijo. Me miraba con la barbilla levantada, como hace la gente cuando sabe que no tiene razón—. Asúmelo: este trabajo se basa en el don de gentes. ¡Y lo sabes! Y seguro que eres la primera en admitir que las habilidades sociales nunca han sido tu punto fuerte.

—¿A qué te refieres? —le pregunté—. ¿En qué posibles situaciones estás pensando?

—O sea, tienes muchas otras cualidades —dijo Marilee—. Eres mucho más organizada que yo. Se te da mejor hablar en público. Pero fíjate, hace un momento por ejemplo... Te digo que tengo un problema de corazón y te limitas a decir «Ah» y automáticamente pasas a preguntarme si vas a ocupar mi puesto.

—He dicho «Ah» —puntualicé— y luego he dicho «Vaya, lo siento mucho». —Otro de mis puntos fuertes es que tengo muy buena memoria auditiva, incluso para recordar mis propias palabras—. ¿Qué más querías que te dijera?

—No «quería» nada en absoluto —me dijo, con la barbilla casi apuntando al techo—. Lo único que digo es que para dirigir un colegio privado femenino se precisa tacto. Se precisa diplomacia. Hay que evitar decir cosas como «Santo Dios, señora Morris, se habrá dado cuenta de que su hija no tiene la menor oportunidad de ir a Princeton».

—Katy Morris no podría entrar ni en una escuela profesional —dije.

—Esa no es la cuestión —dijo Marilee.

—¿Entonces? Solo porque me niego a hacerles la pelota a todos esos padres ricachones, ¿estoy condenada a seguir siendo la ayudante de la directora?

—Bueno —dijo Marilee, y entonces bajó la barbilla y me miró a la cara por encima de la extensión de su mesa—. Quizá no seguir siendo...

—¿Disculpa?

—Quizá podrías pensar en otra ocupación —propuso—. Cambiar de rumbo totalmente, hacer algo que siempre hayas soñado... ¿qué me dices?

Me pregunté qué demonios imaginaría ella que sería mi ilusión. No soy el tipo de mujer que sueña con hacer cosas.

—Dottie, quiero decir, la doctora Edge, ha expresado el deseo de que contratemos a la ayudante con la que ha estado trabajando en Nashville —dijo Marilee—. Al parecer, las dos han formado un equipo muy eficaz juntas.

Dottie.

Durante todo ese rato, yo había agarrado el bolso con las dos manos por delante del cuerpo. (Marilee me había pillado cuando iba a mi despacho, justo antes de empezar la jornada). De pronto me sentí como una especie de mendiga, alguien que entrelaza los dedos y suplica un favor, así que separé las manos y solté el brazo con el bolso hacia la izquierda.

—Bueno, pues ojalá sean muy felices aquí. Adiós, Marilee.

—¿Gail?

Giré sobre mis talones y salí del despacho.

—¡Gail, por favor, no te pongas así!

Recorrí el pasillo hasta el vestíbulo, pasé por delante de la vitrina de trofeos y salí a la calle por la puerta principal.

Ni siquiera me paré a recoger el juego de boli y lápiz del escritorio, ni la foto de mi hija con el birrete y la toga, ni la rebeca que siempre guardaba en el armario. Pensé que ya me lo enviaría alguien a casa. O lo tirarían; ¿qué más me daba?

En el aparcamiento solo había tres coches: el de Marilee, el del conserje y el mío. El cielo estaba gris y encapotado —la previsión del tiempo era que llovería más tarde—, y dos obreros que colocaban conos de tráfico en la acera cercana llevaban chubasqueros de color naranja chillón. Me metí en el Corolla, encendí el motor y arranqué de inmediato, sin pararme siquiera a bajar la ventanilla, aunque el coche ya era un horno por dentro. No podía soportar que alguien me observara, por eso lo hice. Me daba vergüenza; sentía que llamaba la atención.

¡Aunque no era culpa mía, desde luego!

Vivía en un barrio tan próximo al colegio que a veces iba andando a trabajar, pero esa mañana había ido en coche porque tenía intención de pasar después por la tintorería para recoger el vestido que me pondría por la noche. Era la noche del ensayo de boda de mi hija, y luego habría una cena. Pero ahora no tenía ni pizca de ganas de asistir. Me imaginaba sentada en la iglesia medio vacía mientras el resto de los invitados me señalaban y cuchicheaban. «Ay, pobre Gail, pobrecilla —susurrarían—. ¿Te has enterado?».

La han echado, a los sesenta y uno.

No tiene don de gentes.

Ni siquiera le pidieron su opinión sobre el Día de Belleza de su hija en el Darleen's Spa and Massage. La madre del novio lo montó todo por su cuenta. (¿Qué podría haber aportado Gail?, debió de pensar. ¡Una persona tan... cuadriculada, con la cara tan pálida y el pelo tan lacio, que no se preocupa en absoluto por su aspecto!).

Pero por lo menos podrían habérmelo comentado. Yo era la madre de la novia.

Qué más da que ni siquiera supiera que existiese algo llamado Día de Belleza.

No paré en la tintorería. Fui directa a casa. Aparqué al pie del bordillo y subí los escalones del porche, abrí la puerta y entré en la sala de estar para desplomarme en la primera silla que encontré, enfrente de la ventana que daba a la calle. Un visillo blanco tapaba los cristales, de modo que nadie podía verme desde fuera. El reloj del abuelo Simmons hacía tictac en la librería, porque en la casa no había una chimenea con repisa donde ponerlo. Era una casa muy pequeña, muy modesta, de dos dormitorios, construida en los años sesenta. Con una tele tan vieja que abultaba casi dos palmos por detrás. Un pañito de ganchillo encima de uno de los reposabrazos del sofá ocultaba la zona en la que el tapizado se estaba pelando y tenía los hilos a la vista. Aunque por lo menos la casa era mía. La había comprado con el dinero que me había dejado mi padre. Habría podido quedarme en casa de mis padres, pues mi madre se mudó a una torre de apartamentos justo después de quedarse viuda, pero para entonces mi matrimonio ya hacía aguas y sabía que lo que necesitaba era un sitio que pudiera mantener sola, sin necesidad de contar con Max. No quiero decir que Max fuera un holgazán ni nada parecido; es solo que tendía a elegir empleos mal pagados. Todavía hoy seguía viviendo con una mano delante y otra detrás: daba clases a adolescentes vulnerables en una escuela de la zona más oriental de la Costa Este. Tenía alquilado un estudio de una sola habitación encima del garaje de no sé quién.

Nadie me había dicho antes que no tuviera habilidades sociales. Por lo menos, no de una forma tan directa. Era cierto que, en su día, mi exsuegra me había regalado un ejemplar de *Modales para personas desorientadas*, pero eso había sido por... protocolo, ¿no? ¡A cualquier novia le iba bien un libro de etiqueta antes de casarse! No lo había hecho con ninguna intención concreta.

Le escribí una nota de agradecimiento para demostrarle que tenía buenos modales, y luego Max planteó la posibilidad de que invitásemos a sus padres a cenar para que yo hiciera alarde de todas las normas de etiqueta que había aprendido: podría ofrecerles cuencos para lavarse las manos después de la sopa o algo así. Lo decía en broma, claro. Creo que no llegamos a invitar a cenar a sus padres nunca.

¿Acaso Marilee pensaba que yo era rica y no necesitaba un sueldo para vivir? ¡No podía permitirme quedarme sin trabajo!

Todos los engranajes del reloj se movieron con un chirrido, como si se recompusieran, y empezaron a sonar unas notas difusas. Las nueve en punto, pensé; pero no, resultó que eran las diez. Seguro que me había quedado allí sentada un rato en una especie de estupor. Me levanté y colgué el bolso en el armario, pero entonces vi movimiento por la ventana, al otro lado de la cortina, una silueta oscura y pesada que avanzaba con dificultad por el camino de entrada. Era Max, con una bolsa de deporte al hombro y una especie de maleta cuadrada y voluminosa colgando de su mano izquierda.

Fui al recibidor y lo miré a través de la puerta mosquitera.

—¿Qué demonios...? —le pregunté.

—¡Estás en casa! —exclamó.

—Sí...

—Debbie está en no sé qué cosa que llaman Día de Belleza.

—Exacto.

—Pero ella sabía que yo venía. Le dije que iba a venir. Y llego a su casa y no hay nadie. La llamo al móvil y me dice que no me esperaba tan temprano.

—¿Por qué has venido tan temprano? —le pregunté.

—Quería ahorrarme los atascos de hora punta. Ya sabes cómo se pone los viernes el puente de la Bahía.

Razón de más para no vivir al otro lado, habría podido responderle. Abrí la puerta mosquitera para dejarle entrar y ayudarle con la maleta, pero no era una maleta sino alguna clase de transportín para animales. Con una ventana de rejilla en un extremo y algo alerta y vigilante que observaba desde dentro con ojos relucientes. Max apartó de mí el transportín y dijo:

—Ya lo llevo yo.

—¿Qué es?

—Un gato.

—¡Un gato!

—Podrías invitarme a pasar, ¿no?

Me aparté y él dio unos pasos con dificultad, jadeante, haciendo crujir los tablones del suelo. No es que Max estuviera gordo, ni mucho menos, pero era pesado, corpulento, de hombros anchos; siempre daba la impresión de ocupar más espacio que el que le correspondía en una habitación, aunque era poco más alto que yo. En los años transcurridos desde el divorcio se había dejado una especie de barba de esas que no se sabe si son deliberadas o no; tal vez simplemente se había olvidado de afeitarse durante un tiempo. Una pelusilla canosa a juego con unos mechones de pelo ralos y también canosos... y parecía que ya le daba igual la ropa: solía llevar jerséis de punto dados de sí y pantalones holgados. Confiaba en que se hubiera traído un traje para la boda. Pero, a saber...

—¿No podías dejar al gato en casa con comida y agua y ya está? —le pregunté mientras lo seguía por la sala de estar—. Ya es bastante lío que te quedes tú en casa de Debbie. ¡En mitad de los preparativos para la boda, por el amor de Dios!

—Me dijo que no pasaba nada si me quedaba —contestó Max—, que no había problema.

—Vale, pero añadir un gato al equipo... Los gatos se las apañan muy bien solos. En realidad, casi lo prefieren.

—Esta gata no —dijo. Dejó el transportín en la encimera de la cocina—. Esta es muy nueva.

—¿Es una cría?

—No, es vieja.

—Pero acabas de decir...

—Es una gata anciana que tenía una mujer muy mayor, y ahora resulta que la mujer ha muerto y la gata está de duelo.

Se me ocurrían muchas preguntas que formularle, pero pensé que no valía la pena. Me incliné hacia delante para ver mejor a la gata.

—¿Y Debbie sabe que la has traído? —pregunté.

—Ahora sí.

Esperé.

—Es complicado —dijo. Se secó la cara con el hombro—. La he llamado por teléfono para ver dónde estaba. Me dice que en lo del Día de Belleza. «¿Guardas una llave extra en algún sitio?», le pregunto, y dice que no pero que vuelve en pocas horas. «¡Pocas horas!», le digo. «¡No puedo esperar horas! ¡Llevo un gato!». Y me dice: «¿Un qué?». Entonces se pone histérica y me dice que bajo ningún concepto puedo llevar el gato a su casa porque Kenneth es alérgico.

—¿Ah, sí? —pregunté.

—Tiene una alergia «mortal», así me lo ha dicho.

—Pero... Kenneth no vive con ella —apunté.

—No te engañes —me dijo Max—. Ya sabes que se queda muchas noches, y además, tiene pensado vivir allí después de la boda.

—Bueno, claro, pero después de la boda.

—Una alergia «mortal», Gail. O sea que si entra en una casa donde un gato ha dejado una bola de pelos o un poco de caspa, aunque haga siglos que el gato ya no está, necesita un respirador.

—¡Un respirador!

—O como se llamen esas cosas que tienen que llevar siempre encima los asmáticos.

—Te refieres a un atomizador —dije.

—No, no es un atomizador. Un... qué sé yo, ¿un vaporizador tal vez?

Le di vueltas al tema, pero Max añadió:

—Bueno, da igual, el caso es que eso es lo que alega Debbie. Me dijo que basta con que él esté a su lado y ella lleve pelos de gato en el jersey para que empiece a ahogarse y necesite un...

Nos quedamos allí los dos, pensando en el término.

—¿Hummm? —dijo la gata.

Miramos el transportín.

—Total —dijo Max, y soltó los dos cierres a presión para levantar la tapa. En lugar de salir, la gata se acurrucó aún más y me miró a mí. Una gata atigrada gris y negra con la cara ancha—, que no se me ha ocurrido a qué otro sitio llevarla salvo aquí —añadió—. Sé dónde guardas la llave de repuesto. Aunque no tenía idea de que estuvieras en casa por las mañanas.

—Sí, bueno... —empecé. Y luego le dije a la gata—: Hola.

Me miró con los ojos muy abiertos.

—¿Cómo se llama? —le pregunté a Max.

—No lo sé.

—¿Qué? ¿Cómo puedes no saberlo?

—Solo la tengo en acogida —me aclaró—. Soy voluntario en un refugio que necesita gente que acoja animales hasta que alguien pueda adoptarlos. Normalmente son cachorros, camadas de gatitos recién nacidos o callejeros que hay que domesticar primero, pero esta es una ciudadana de la tercera edad. Pensaba llamarla «Perla» de momento, mientras la tenga en casa.

—¡Perla!

—Por el color.

—No puedes llamar «Perla» a una gata.

—¿Por qué no?

—A los gatos no se les da bien el lenguaje humano —le dije—. No se parecen en nada a los perros. Los gatos solo captan el tono general, y «Perla» suena igual que un gruñido.

—¿Ah, sí?

—Igual que «Rubí». Igual que «Strass».

—¡Ajá! —dijo Max—. ¿Ves? Las cosas se ponen en su sitio y al final acaban bien.

—¿En serio? ¿Y a qué viene eso?

—Tú sabes mucho de gatos, puedes ayudarme —dijo—. A lo mejor hasta decides adoptarla, no me extrañaría.

—Max, a veces me pregunto si me entiendes mínimamente.

—¡Pero te encantan los gatos! Acuérdate de aquel gatito tricolor tan mimoso que tenías. Y esta gata está acostumbrada a las mujeres mayores.

—Gracias —dije.

—He dicho mayores. No viejas.

—No quiero ningún gato, de la raza o del tipo que sea —le dije.

—¿Y qué te parece «Mary»? —preguntó—. O «Carol». ¿Qué opinas?

—Olvídalo, Max —dije. Y luego añadí—: Y haz el favor de evitar la erre. Una erre es un gruñido, no hay vuelta de hoja.

—Ah, bueno. Sí, gracias. —Hizo una pausa—. ¿Y si le pongo «Lucy»?

—Ya te he dicho que lo olvides.

Suspiró.

—A lo mejor puedes dejarla en alguna protectora de Baltimore —comenté—. A ver, dudo que la rechazaran.

—No podemos deshacernos de un animal a nuestro cargo a la primera de cambio —me dijo—. No, lo mejor será que la deje en tu casa estos días y luego me la lleve de vuelta a Cornboro si de verdad no quieres quedártela.

—Insisto enfáticamente en que no, no quiero quedármela —dije. Y añadí—: Y tampoco quiero ningún otro invitado.

—Ya, pero mira, ahora llevo pelos de gato por toda la ropa. No puedo presentarme así en casa de Debbie, ni siquiera sin la gata.

—De hecho, me pregunto si deberías ir a la boda —contesté—. Imagínate que Kenneth empieza a ahogarse mientras pronuncia los votos.

Eso fue pura maldad por mi parte. Dudaba mucho que Kenneth fuera a asfixiarse; siempre me había parecido un tipo robusto.

Pero Max puso cara de preocupación.

—¿Y no ir a la boda de mi propia hija?

—Bueno, también podrías ponerte un impermeable —le dije—. O uno de esos trajes especiales para andar con materiales peligrosos.

Sonó el teléfono de la cocina. Los dos lo miramos. Volvió a sonar, y luego por tercera vez.

—¿No piensas cogerlo? —me preguntó Max.

Pero temía que fuera Marilee, y en efecto, después del mensaje del contestador, se oyó a Marilee que preguntaba: «¿Gail? ¿Estás ahí?».

Esa era la razón de que aún tuviera un contestador automático de verdad, de los de toda la vida: había demasiadas personas con las que a veces no me apetecía hablar.

«Porque tenemos que hablar en serio de esto. ¿Podrías coger el teléfono, por favor?», dijo Marilee en el mensaje.

Max me miró arrugando la frente.

—Haz oídos sordos —le dije.

—¿Qué sucede?

—No sucede nada.

—Vale...

El contestador automático se apagó y volví a concentrarme en la gata. Cerré los ojos ante ella un instante. A los gatos les gusta ese gesto, les da seguridad; para ellos es como una sonrisa. Luego desvié la mirada en otra dirección. Oí un murmullo, y cuando miré de reojo el transportín vi que el animal se iba desplegando y salía gradualmente del cubículo, para pisar con cautela la encimera.

—Un leve problema de peso —murmuré.

Como para demostrarlo, la gata aterrizó en el suelo con un golpe seco más que audible.

—Creo que es por el estrés —dijo Max—. Al parecer estuvo unos días sola hasta que alguien se percató de que la dueña había muerto.

Chasqueé la lengua en señal de empatía.

—¿Qué pasa con Marilee? —preguntó Max.

Nunca se le ha dado bien meterse solo en sus asuntos.

—Con Marilee no pasa nada —dije.

La gata se dirigía entonces a la sala de estar, así que, con mucho aparato, me puse a seguirla. Se detuvo para olfatear los flecos de la alfombra y luego avanzó sigilosa hasta el sillón y saltó encima, con más agilidad de la que cabía esperar.

—¿Qué es eso de lo que quiere hablar? —preguntó Max, que me pisaba los talones.

Me rendí.

—Va a jubilarse en otoño y quiere que el consejo contrate a otra persona para que la sustituya, una persona de Nashville. Y esa persona de Nashville ha pedido que le dejen traer a su propia ayudante. Así que he pensado que voy a dimitir antes de que me echen.

—Excelente —dijo Max.

Me volví para mirarlo a la cara.

—Tienes mucho talento para la enseñanza, ya lo sabes —dijo Max—. Lidiar con todos esos críos que tienen pánico a las matemáticas.

—Pero se te olvida que los profesores ganan una miseria —le dije—. ¿Por qué crees que pasé por el suplicio de sacarme el máster de gestión, eh?

—¿Y qué? Ahora que Debbie ha terminado la carrera de Derecho, puedes volver a hacer lo que se te da bien.

—No es tan fácil.

Aun así, me pareció un detalle que reconociera mi valía. Pero entonces cambió de tema.

—Supongo que será mejor que traiga las cosas de la gata.

Y salió, dejando la puerta principal abierta, aunque el aire acondicionado estaba encendido.

Volví a concentrarme en la gata. Tumbada en el sillón tenía forma de barra de pan, con las patas delanteras dobladas debajo del cuerpo, y cuando vio que la miraba cerró los ojos, perezosa, y los abrió de nuevo.

Max regresó con un saco de pienso para gatos metido en un recipiente de plástico marrón en una mano y otro saco más grande de arena para gatos colgando de la otra mano.

—¿Dónde puedo dejar el arenero? ¿En la cocina? —preguntó.

—¡No, en la cocina no! ¡Santo Dios! En el cuarto de baño, supongo.

Se dirigió allí. Por supuesto, la puerta de la casa seguía abierta. Me acerqué y la cerré de un portazo.

Al volver del lavabo, pasó por la cocina y recogió la bolsa de deporte. Luego empezó a subir las escaleras con la bolsa a cuestas.

—Las sábanas en el armario del baño, ¿no? —preguntó mirando hacia atrás.

—No te harán falta sábanas; la cama está hecha.

—¡Ja! Menos mal que mi madre ya no vive —comentó—. ¿Recuerdas que no podía consentir que una cama de invitados no tuviera las sábanas recién puestas?

—Ay, sí, no podía, ¿verdad? —repliqué en tono de mofa—. No podía «consentirlo», desde luego que no.

Subí detrás de él; acababa de acordarme de que la cama estaba cubierta de fotos antiguas que había estado seleccionando para exponerlas en el banquete de bodas de Debbie.

—*Modales para personas desorientadas* —comenté.

—¿Eh?

Me colé en la habitación de invitados antes que él y empecé a recoger las fotos a toda prisa, mandando al garete toda la clasificación que había hecho antes.

—¡Anda, mira eso! —dijo Max muy sorprendido—. Nosotros en Bethany Beach.

Cogió una foto de tamaño cartera que se había quedado encima de la almohada, con las esquinas tan ajadas como los viejos tiempos. Max y yo muy jóvenes e inmaduros y Debbie hecha una muñequita con uno de esos bañadores que llevaban falda de bailarina. No iba a poner esa; la madre de Kenneth había especificado que las fotos debían ser de 10 × 15 centímetros. Pero aun así, ¡Debbie estaba tan adorable! Tenía esas pequitas color marrón pálido que le salían siempre en verano y que se esfumaban por arte de magia antes de Acción de Gracias. Le quité la foto a Max y me la quedé mirando.

—Deberías volver a dejarte el pelo largo —me dijo él.

—Para parecer una quinceañera, claro que sí.

—¿Qué?

Añadí la foto a la pila y me di la vuelta para salir de la habitación con ellas. Luego volví la cabeza para mirar a Max.

—No crees que me falte don de gentes, ¿verdad?

—¿Eeeh?

—Marilee piensa que no tengo don de gentes.

—¿Y por qué lo dice?

Aunque preguntó eso, me di cuenta de que hablaba sin prestarme atención. Había dejado la bolsa de deporte encima de la cama y estaba abriendo la cremallera.

—A ver, ya sé que no soy Miss Popular —le dije—, pero en muchos sentidos ¡soy la que sostiene ese colegio! Mira en la época del Covid: yo fui la única que siguió yendo a trabajar todos los días. Lidiaba con el correo y el personal de servicio e incluso dejé pasar a aquel padre tan pesado para que viera el centro. Con todas las ventanas abiertas, por supuesto.

—Ya —dijo Max. Sacó de la bolsa una prenda color caqui enrollada como un cilindro y la desenrolló: un blazer. Lo sostuvo en alto para examinarlo bien.

—Hay que tener mucha contención para hablar cara a cara con un hombre que se pone la mascarilla por debajo de la nariz —dije.

—Se me ha ocurrido una cosa. Ya sabes que en la zona en la que vivo hay un montón de personas mayores. De esa gente que se instala en la playa, en la punta de la Costa Este, después de jubilarse. Pues siempre he pensado que alguien debería abrir un colmado que se llamara «Local para solteros». ¿Lo pillas?

—¿«Local...»?

—Todo estaría en porciones individuales. Una zanahoria, no una bolsa entera. Dos dónuts, no una docena. Seis puntas de espárrago.

—Eeeh... —dije.

—Piénsalo —me animó.

—¿Que lo piense en qué sentido? —pregunté.

—Piensa en abrir un colmado en la zona en la que vivo.

Me lo quedé mirando.

—Vale, o sea que sí crees que me faltan habilidades sociales —le dije.

—No, solo me refería a...

—Primero me dices que se me da bien curar el miedo a las matemáticas, ¡pero luego me dices que busque empleo vendiendo espárragos! ¿Eso es lo que opinas de mí en realidad?

—No, mira. Siempre lo entiendes todo al revés. Es que... coges algo que he dicho y lo sacas de contexto, lo malinterpretas por completo. ¡Es imposible razonar contigo!

—Piensa lo que quieras —contesté. Y después dije—: Bueno, me voy a la tintorería. Adiós.

—¿Qué?... ¿Ahora?

—Ahora.

Me fui de la habitación. Bajé a la planta inferior, recogí el bolso y salí en dirección al coche.

Y cómo no, Max había aparcado tan cerca de mí que tuve que hacer como seis maniobras para sacar el vehículo.

Hacía años que iba a la misma tintorería: un local pequeño en Bacheler Street con un hombre también pequeño, de aspecto huraño, detrás del mostrador. Pero nunca había dado muestras de haberse fijado en mí, así que esa mañana le pasé el resguardo sin decir palabra y él lo aceptó en silencio y fue a buscar el vestido al perchero. Era mi vestido camisero oficial de la Noche de Familias, en gris claro. Para la boda propiamente dicha pensaba ponerme mis mejores galas, un vestido vaporoso en un gris más oscuro. (No me favorecen los colores). Debbie se había ofrecido a ayudarme a comprar un traje más adecuado para la madre de la novia, pero no veía por qué tenía que gastarme una barbaridad de dinero en algo que solo me pondría una vez.

Colgué la percha del vestido al lado de la ventanilla del coche y estaba a punto de ponerme al volante cuando por casualidad miré hacia el local junto al que había aparcado: la peluquería Sheila. Dudé. Luego volví a cerrar la puerta del coche.

Era una peluquería minúscula. Normal que no me hubiera fijado antes. Y no había ni un alma.

—¿Hola? —pregunté.

Unos pasos se aproximaron desde la trastienda, y enseguida salió una mujer tirando a joven con el pelo teñido de un rosa muy vivo que le caía sobre el hombro por un lado pero que por el otro era mucho más corto; lo llevaba por encima de la oreja.

—Ay —dije. Y luego añadí—: Lo siento, he venido sin cita... —Mientras hablaba, iba retrocediendo hacia la puerta—. Mejor llamo más tarde a ver si...

—Tranquila, justo ahora tengo un hueco —dijo la mujer—. ¿Qué quería hacerse?

—Eh, no sé, algo con un poco de... ¿volumen? Es para la boda de mi hija. Pero...

—¡Claro, yo se lo hago! ¿Cuándo se casa?

—Mañana. Bueno, y hoy es el ensayo.

—¡Ah, genial! Siéntese —dijo la mujer.

Señaló una silla y me senté. Hacía años que no iba a la peluquería, pero me parecía recordar que al llegar había una especie de ritual de bienvenida en el que te cogían el bolso y lo guardaban en algún sitio que estuviera a mano. Aquí no fue así. Me senté derecha, con el bolso sobre las rodillas, y me sentí casi como si hubiera ido a una entrevista de trabajo en lugar de ser una clienta. Mientras tanto, la mujer dio unas vueltas a mi alrededor. Cogió un mechón de pelo y lo dejó caer, como si no pasara del todo la inspección.

—¿Qué le parece, lo cortamos un poco? —me preguntó.

—¡No! —exclamé. Aparte de que Max hubiera insinuado que ya tenía el pelo demasiado corto (por la mandíbula, más o menos), me preocupaba que esa mujer me lo cortara de manera asimétrica—. Basta con que me peine, para que se note que me he esforzado —le dije—. No quiero que la gente piense que no me importa la boda.

—De acuerdo —dijo. Sacó una capa doblada de una de las estanterías, la sacudió y me cubrió con ella, incluido el bolso—. ¿Y qué le parece si se lo tiño un poco? —me preguntó.

—No, gracias.

Tengo ese tipo de pelo rubio que va perdiendo color gradualmente y me imaginaba lo estrafalaria que me vería con cualquier otro tono.

—Si puede ahuecármelo un poco, ya está —le dije—, para que no me quede tan lacio.

—Claro —dijo. Pero sonó decepcionada.

La razón por la que nunca voy a centros de belleza es que no sé de qué hablar allí. ¡A ver, esos sitios son auténticos gallineros! La última vez que fui a una peluquería estaba en el instituto —ya he dicho que hacía años, ¿no?—, y recuerdo que en mitad del cardado para la fiesta de fin de curso oí que la clienta que tenía al lado decía:

—Bueno, pues por fin le he puesto cara a la Otra.

—¡Oooh! —dijo la peluquera. Y detuvo las tijeras en el aire para mirar a la clienta con los ojos muy abiertos—. ¿Y cómo ha ocurrido? —preguntó.

—Los vi saliendo juntos de Morgan Millard. Iban riéndose, como dos tortolitos... Ni siquiera se dieron cuenta de que yo estaba ahí plantada, gracias a Dios.

—¿Se parece a usted? —preguntó la peluquera—. Ya sabe que siempre digo que el marido tiende a buscar el mismo tipo de mujer una y otra vez.

—No se parece en nada a mí. Bastante sosa, la verdad. Con el pelo a lo paje, castaño claro. Sin ánimo de sonar engreída... yo soy muchísimo más guapa.

—Pues ahí queda eso —dijo la peluquera—. Qué le voy a decir yo.

¿Y qué iba a decirle yo a mi peluquera que fuera comparable a eso?, me preguntaba en aquella época. Por entonces yo era una chica flaca de diecisiete años con aparato en los dientes. Desde que había entrado en el establecimiento, mi conversación se había limitado a «¿Gail Simmons? ¿A las cuatro?». Tras lo cual había señalado una foto en la revista con el estilo que quería. Punto final.

Así pues, a partir de aquel día me corté el pelo yo misma. En realidad no es tan difícil; basta con recordar que hay que cortarlo algo más corto de lo que crees por detrás para compensar cómo ha quedado por delante.

Me pareció que las cosas habían cambiado poco desde entonces. Aquí estaba yo, con sesenta y un años, casi sesenta y dos, pasando por la fase de enjabonado, la de peinado, y por un secado interminable en completo silencio. Cuando la peluquera le dio la vuelta a mi silla para que me mirase otra vez en el espejo y preguntó: «¿Qué le parece?», lo único que dije fue: «Queda bien». Aunque no lo pensaba. (Parecía el peinado de una esfinge, para ser sincera... Con una forma triangular a cada lado).

—¿Va a ser una boda grande? —preguntó la peluquera mientras me quitaba la capa.

Pero noté que lo preguntaba solo por llenar el silencio. Así que respondí simplemente:

—Pues no. —Y le tendí la tarjeta de crédito.

Mientras firmaba el pago sonó el móvil, así que salí a la puerta con mucho aspaviento a la par que sacaba el teléfono del bolso. ¡Ay! Debbie.

—¿Sí? —contesté ya en la acera.

—¿Mamá?

—Hola, Deb. ¿Has terminado con el Día de Belleza?

—¡No, no! Madre mía. Si solo nos han hecho la pedicura. Pero quería llamarte para decirte que papá ha llegado mucho antes de lo previsto.

—Ya lo sé.

—Y ha traído un gato.

—También lo sé.

—¿Cómo lo sabes?

—Ha venido a mi casa —dije—. Y resultó que yo estaba porque... Bueno, que se presentó con el gato y con intención de quedarse en mi habitación de invitados.

—¡Fantástico! Porque es imposible que se quede en mi casa. Kenneth es alérgico a los gatos.

—¡Pero yo no quiero alojarlo!

—Solo será una noche. O dos como mucho, depende de cuánto se alargue la fiesta mañana.

—¡Dos! ¿Tenía pensado quedarse en tu casa la misma noche de bodas?

—¿Y? —preguntó Debbie.

Conocía ese tono retador de mi hija. Aflojé un poco.

—En cualquier caso, ahora soy yo quien tiene que lidiar con él —dije—. Menuda suerte.

—No estará tan mal.

—Pero ya sabes que lo pone todo patas arriba. Deja rastro allá donde va. Y encima se ha vuelto vegano.

—¿Ah, sí?

—Fue su propósito de Año Nuevo, ¿recuerdas?

—Bueno, ¿y qué pasa? Al fin y al cabo, no vas a tener que alimentarlo tú. Esta noche tenemos la cena de ensayo, y mañana... Espera, ¿aclaró que era vegano cuando confirmó la reserva para mañana?

—¿Y cómo voy a saberlo? —pregunté.

Estaba entrando en el coche. Se había calentado tanto que noté que los dos abanicos de pelo a ambos lados de mi cara empezaban a aplastarse, cosa que seguramente era una buena noticia.

—Pero, aun así, tendrá que comer hoy, y desayunar y comer mañana, y puede que desayunar también pasado mañana, salvo que tenga pensado marcharse justo después de la boda.

—No te apures; dudo que espere que le hagas la comida.

—Claro. Seguro que me dice: «No te preocupes por mí, no quiero darte trabajo», o: «Ya encontraré algo y me lo prepararé yo; no te molestes», lo que por supuesto significa que arramblará con cualquier cosa que haya en la nevera y luego lo dejará todo tirado en la encimera de la cocina.

Debbie se quedó callada, era su táctica habitual cada vez que me quejaba de Max. Me obligué a cerrar el pico.

—Bueno, es igual —dije—. ¿Qué tal llevas el Día de Belleza?

—Pues muy bien —dijo con alegría.

—Yo acabo de salir de la peluquería —le conté—. De hecho, me he tomado el día libre. No tengo ya nada más que hacer en todo el día.

—Vaya, estupendo —contestó apresurada—. ¡Nos vemos esta noche!

Y colgó.

Me quedé mirando el teléfono un momento y luego lo metí de nuevo en el bolso. Por casualidad, vi que de la cartera asomaba el regalito que me habían dado con el recibo en la peluquería: un sobrecito de muestra. Lo saqué para ver qué era. «Remarkable Rouge Co.», ponía. «Brillo juvenil instantáneo para pómulos y párpados». Rompí la muesca que había en una esquinita y olí el contenido. Tenía un olor afrutado; no era lo que habría escogido yo. Apreté la muestra, me puse un poco en la yema del dedo y lo extendí por mi mejilla, pero cuando me miré en el espejo retrovisor pensé que daba la impresión de que me había manchado de mayonesa. Me lo quité. Entonces pareció que había estado llorando, pero no supe decir por qué. Volví a meter la muestra en el bolso y encendí el motor.

Resultó que había malpensado de Max injustamente. Cuando llegué a casa, vi que estaba preparando un almuerzo para los dos: sándwiches de queso fundido y una ensalada, y sin ningún estropicio a la vista. Esperó a que yo entrase en la cocina para encender la plancha y hacer los sándwiches, pero la mesa ya estaba puesta y la ensalada aliñada.

—¿Queso fundido? —le pregunté—. Creía que ahora eras vegano.

—No soy vegano del todo —me dijo—. Supongo que más bien soy vegetariano.

—Ah, bueno.

Dejé el vestido del ensayo encima de una silla y me senté en otra. Pensaba que tal vez hiciera algún comentario sobre mi peinado nuevo, pero cuando se dio la vuelta para mirarme, lo que dijo fue:

—¡Ay, niña! ¿Has llorado?

—¿Qué? ¡No! —contesté.

—Pues parece que...

—La verdad es que no sé cómo se te ocurrió hacerte vegano, eso para empezar —le dije—. Los seres humanos no somos una especie vegana por naturaleza.

—Bueno, tengo sesenta y cinco años, ¿recuerdas? —Se volvió hacia los fogones otra vez—. Mi médico dice que debería empezar a vivir de forma más proactiva. Me hace caminar tres kilómetros todas las mañanas y reducir la sal y hacer geckos.

—¿Hacer qué?

—O sea, cuando contraes los músculos del suelo pélvico y luego los relajas —aclaró.

—Ah, «kegels» —rectifiqué.

—Eso. Ejercicios de Kegel. —Pasó la espátula por debajo de uno de los sándwiches y le dio la vuelta—. Tensas los músculos pélvicos tres segundos y luego los relajas tres segundos, contraes y relajas...

—De hecho, acabo de hacer uno —reconocí.

—Sí, yo también.

Soltamos una risita.

Me había olvidado de lo cómoda que me sentía a veces cuando estaba con Max.

Pero entonces tuvo que señalarme con la espátula, con aire instructivo y sabelotodo.

—Pues claro que has estado llorando —dijo—. Vas a perder a tu única hija. Es más que comprensible.

—¡No voy a perderla!

—Es una forma de hablar, pero sí.

—No, ni siquiera como forma de hablar. Estará a veinte minutos de mí, exactamente igual que antes, y va a añadir a la familia un tipo con el que me llevo muy bien.

—Pero él acaparará todo su tiempo —dijo Max—. Y también querrá que ella se sume a su familia para las vacaciones y tal, digamos que casi no volverás a verla.

—Qué absurdo eres —dije. Y luego—: ¿Dónde está la gata?

—¿No estaba en la salita?

—Allí no la he visto.

—Estaba pensando una cosa —dijo. Mientras tanto, dejó un sándwich en mi plato—. Si decides que sí la adoptas, creo que ahora existen inyecciones preventivas para personas muy alérgicas. Por si te preocupara que Kenneth no pudiera volver a visitarte.

—Ni se me había ocurrido —le dije—. Bajo ningún concepto voy a adoptarla, Max. Quítate esa idea de la cabeza. Pero ya que de momento está aquí, ¿crees que habrá algún problema la próxima vez que Kenneth venga a cenar o a algo? O sea, ¿cuánto tiempo se quedan por ahí pululando los pelos o la caspa?

—No tengo ni idea —dijo Max.

No parecía preocuparle mucho. Se sirvió el sándwich y luego devolvió la plancha al fogón y se sentó enfrente de mí.

—Caspa —dije pensativa—. Qué curioso que se use esa palabra, ¿no te parece?

Se sirvió ensalada y luego me pasó la fuente.

—Es una de esas palabras que, si la dices varias veces seguidas, empiezas a preguntarte si te la has inventado —añadí.

—Sí que podría haber algún problemilla con sus hijos —comentó Max.

—¿Hijos?

—Si heredan la alergia.

—Entonces supongo que tendré que evitar el contacto con ellos y ya está.

Se me quedó mirando, como si pensara que hablaba en serio.

—Bueno, en cuanto al ensayo —le dije—. Hemos quedado en la iglesia a las cinco y media. Debbie y Kenneth, y los padres de Kenneth, y Elizabeth, su hermana. Es la madrina de boda. Y luego hay otras damas, Bitsy Taylor y Caroline Byrd. Seguro que te acuerdas de ellas, de cuando Debbie iba a la facultad.

—¿Ah, sí? —preguntó Max.

—Sí. Y el tío de Kenneth... ¿Jason?... ¿Jonas?... será el padrino, y dos amigos de Kenneth los testigos, pero no sé cómo se llaman; y luego estaremos tú y yo y mi madre.

—¿Tu madre está invitada al ensayo?

—De entrada no, pero no quiere perderse nada.

—Pues seremos una buena troupe —dijo Max.

Dio un mordisco al sándwich.

—En realidad no, comparado con la mayoría de bodas —respondí—. Y no será muy formal. Al fin y al cabo, Debbie ya tiene treinta y tres años.

—¿Y qué? Hoy en día eso no es nada.

—Ya, pero toda esa parafernalia estaría un poco fuera de lugar a estas alturas, ¿no? No habrá vestido largo y suntuoso con cola ni nada parecido, ni niñas con flores ni coro. Solo la organista de la iglesia tocando alguna canción irreconocible para llenar el silencio, supongo.

—¿Y en teoría debo acompañarla al altar?

—¿A la organista?

—A Debbie. O sea, ¿tengo que llevarla del brazo por el pasillo para entregarla en el altar?

—No, no, irá ella sola. Kenneth la estará esperando junto al altar, junto al reverendo como se llame, y tú y yo nos sentaremos en el primer banco, a la izquierda: el lado de la novia. Los padres de Kenneth se sentarán a la derecha.

—¿Los padres de Kenneth siguen casados?

—Eh, sí, claro.

—¿Y tú y yo nos sentamos juntos aunque no sigamos casados?

—Salvo que tengas alguna razón para oponerte.

—No, solo me preguntaba si la gente podría malinterpretarlo —comentó.

—¿Malinterpretarlo en qué sentido?

—¿No pensarán que también estamos casados aún?

A veces era imposible comprender cómo demonios funcionaba la mente de Max.

—No sé qué pensarán. En cualquier caso, lo que va a decir el reverendo es «¿Quién bendice la unión de esta pareja?». No «¿Quién entrega a esta mujer?». Ves la diferencia, ¿no? No es algo tuyo que puedas «entregar». Y entonces, tú y yo nos levantamos y decimos al unísono: «Nosotros».

—¿Y cómo lo conseguimos?

—¿Conseguir qué?

—¿Cómo nos aseguramos de decirlo a la vez?

—Eh...

—Tal vez deberíamos darnos la mano —propuso Max.

—¿Darnos la mano?

—De ese modo, puedo apretarte la mano para que los dos empecemos a hablar justo en el mismo instante.

—Vale —respondí.

—Aunque entonces la gente sí que va a pensar que seguimos casados... si nos ven cogidos de la mano.

—Max, la lista de invitados al banquete es más corta que algunas cenas a las que he ido. Todos los asistentes se saben nuestra historia familiar completa.

—La familia de Kenneth no. Si ni siquiera los conozco.

—Estoy segura de que ya estarán al corriente, no te preocupes. Por cierto, esta ensalada está riquísima.

—Ay, gracias. Me ha sorprendido que tuvieras corazones de palmito en el armario.

—¿Había?

—Uy —dijo Max—, se me ha olvidado mirar la fecha de caducidad.

—Ya sabes que no creo en las fechas de caducidad —respondí.

—¿Recuerdas nuestra boda? —me preguntó.

—Pero si no celebramos la boda.

—Ya lo creo que sí. Hubo una preciosa ceremonia privada en el ayuntamiento.

—Ah, sí. Fuiste con vaqueros y un dashiki —dije.

—Y tú ibas toda de negro, con medias también negras.

Me terminé el sándwich y me limpié los dedos en la servilleta.

—Bueno, a lo que iba —dije—, el ensayo de hoy no es una celebración formal. Iremos a un restaurante bueno, pero no habrá brindis ni discursos ni nada parecido.

—Estarán dejando esas cosas para mañana —supuso Max—. Para el banquete después de la ceremonia.

—Ni siquiera para entonces, la verdad. Ya conoces a nuestra Debbie. No es muy amiga de sorpresas ni grandes aspavientos.

Max chasqueó la lengua, dándome la razón.

—¿Le has enseñado a la gata dónde has puesto el arenero? —pregunté luego.

—Estoy seguro de que lo averiguará.

Miré hacia la puerta del cuarto de baño.

—¿Tú crees? ¿Con la puerta cerrada?

—Ay.

Me levanté y fui a abrir la puerta. El arenero estaba junto al inodoro, lleno de arena para gatos, pero impoluto. Seguí hasta la sala de estar.

—¿Gata? —llamé.

Max me siguió, diciendo:

—Minina, minina...

Subí las escaleras y fui a la habitación de invitados, pensando que al menos el olor de ese cuarto le resultaría familiar, ya que Max había dejado allí sus cosas. Pero ni rastro de ella. Así que a continuación probé en mi habitación, donde la encontré dormida sobre mi almohada. Levantó la cabeza y me miró a los ojos.

—Aaaah —dijo Max—. Mírala: ha elegido tu cama a propósito.

La cogí en brazos y se la pasé a mi exmarido.

—Muéstrale dónde está el arenero —le mandé.

—¡Pues claro! Ven conmigo, preciosa —le dijo a la gata.

—Y por el amor de Dios, ¡deja la puerta del baño abierta!

—Lo haré —respondió.

Se marchó.

Me acerqué al tocador y comprobé mi peinado en el espejo. Ya no me parecía tanto a una esfinge, pero el pelo todavía se disparaba un poco por los lados. Así que entré en el baño, humedecí el peine y me lo pasé por el pelo hasta que quedó totalmente vertical. En mi opinión, mi cara tenía el mismo aspecto de siempre, estaba normal. No sé por qué Max creía que había estado llorando.

Un jersey de cuello alto negro, una falda negra y medias negras; eso es lo que llevé en mi boda.

Nos conocimos porque él se mudó a la casa en la que yo vivía con otras tres profesoras del colegio. Al principio no me hizo mucha gracia que hubiera un hombre en el grupo, fue Polly Soames quien nos lo encasquetó cuando ella se marchó del piso para casarse. Además, llegó con un perro muy inquieto sin molestarse en preguntar si nos parecía bien, y dejaba un rastro de caos y desorden allá por donde iba. No solo eso: ponía la radio demasiado alta y se quedaba despierto hasta mucho después de que las demás nos hubiéramos ido a la cama. (En aquella época Max trabajaba en un centro de actividades extraescolares para niños desfavorecidos y tenía horarios distintos a los nuestros). Y, para colmo, siempre andaba picoteando en la nevera cosas que no eran suyas. Una vez se zampó un frasco entero de algo que llevaba la etiqueta ATENCIÓN: MUESTRA DE AGUAS RESIDUALES porque supuso que era un truco para proteger la sopa de pollo de alguien. En realidad, sí era un truco, pero ¿no debería haberle dado vergüenza que la dueña de la sopa tuviera que recurrir a eso para que él no se la ventilara? Se comió la última porción de tarta que la madre de Julie Sears le había hecho para su cumpleaños, y un día que llovía le birló el paraguas a Priscilla Oakley del armario de la entrada y luego, para más inri, se lo dejó en la sala de espera del dentista.

Los límites; ese era su problema. Le faltaban límites.

Y yo, por mi parte, era toda límites.

Aun así, no pude evitar que me gustara. Tenía un corazón de oro y le encantaban tanto los animales como los niños, tenía un rostro dulce que generaba confianza —entonces no llevaba barba—, y estaba dispuesto a compartir cualquiera de sus posesiones, absolutamente todo. Además, bebía los vientos por mí. Cuesta mucho resistirse a alguien que está tan enamorado de ti. «¡Ay, Gail también está leyendo ese libro! —le decía a algún conocido—. Gail lo lee todo, todo; ni te imaginas cuánto». O: «¿Estudiaste español en la universidad? Deberías oír a hablar a Gail en español. Pronuncia las erres como si fuera nativa». Siempre se reía de mis chistes y le divertía escuchar las batallitas sobre mis estudiantes. Hasta le impresionaba que nunca llevase maquillaje.

Cuando nos conocimos, yo salía con alguien, pero no era nada serio; y mientras tanto Max y yo empezamos con un tonteo medio amistoso que corría el riesgo de convertirse en algo más que una amistad en cuanto uno de los dos diera el menor paso en esa dirección. Pendíamos de un hilo, por decirlo de alguna manera. Las cosas estaban suspendidas en equilibrio.

Yo trabajaba como interina en un colegio privado, sustituyendo a una profesora que había cogido una baja por maternidad y luego, por lo visto, había pedido otro año de excedencia. Me habían dado a entender que, una vez que ella regresase, me darían un puesto más fijo; pero no: cuando la primavera siguiente anunció que volvería en septiembre, me despidieron sin más. Me quedé hecha polvo. «¡Pensaba que estaba haciendo muy bien mi trabajo!», le dije a Max. Y él dijo: «Y lo estabas haciendo muy bien. No es culpa tuya que no haya ninguna vacante», y cosas similares, de esas que dicen los amigos. Él quería que pidiera trabajo en su centro, pero yo me había empeñado en que daría clases en un colegio; no quería plantearme otra opción.

Mientras desperdiciaba el verano esperando que saliera otra vacante, Max y yo fuimos un montón de veces al cine, a conciertos gratuitos o a tomar algo, y cada vez nos sentíamos más cómodos el uno con el otro. Al salir de una cafetería, por ejemplo, a veces me pasaba el brazo por encima del hombro de manera desenfadada, o si estábamos viendo una película de terror, yo le agarraba la mano en las escenas de miedo. Luego, en otoño —para entonces me habían contratado en una escuela del condado de Baltimore y debería haberme buscado otro alojamiento, pero por algún motivo no lo hice—, fuimos de pícnic a Hunt Valley. Fue idea de Max. Imagino que ya conocía el sitio, porque, una vez en el coche, me llevó directa hasta un campo inmenso, una amplia extensión de trigo o avena o cebada o yo qué sé, dorado y precioso. Por supuesto, se llevó el perro, o mejor dicho la perra —se llamaba Barbara; era una labradora casi totalmente negra—, que no paró de correr campo a través, alejándose para luego volver hacia nosotros, exaltada y feliz. Se paraba en seco delante de mí y saltaba para ponerme las patas en los hombros, exhalando bocanadas de cálido aliento perruno. «Debería estar celoso», decía Max, y luego, hablando con Barbara, «por lo menos tienes buen gusto», y la perra ladraba y salía de nuevo disparada. Max llevaba una bolsa del súper con la comida dentro, y recuerdo que la apoyó en un montoncillo de hierba debajo de un roble antes de darse la vuelta y cogerme la cara entre las manos. Me miró muy serio un instante y luego se inclinó para besarme en los labios. Fue algo inesperado y a la vez completamente natural. Dudé un instante antes de devolverle el beso.

Pero incluso después de ese día no había nada seguro, en absoluto. Tuvo que conquistarme una y otra vez, y reconquistarme unas cuantas más. Algunas mañanas me despertaba —en la cama de Max, a esas alturas— y me preguntaba a mí misma qué estaba haciendo. Ensayaba cómo le explicaría que no teníamos futuro.

En parte, porque a menudo me parecía que era el típico Peter Pan. ¡Un hombre de casi treinta años que aún compartía piso con un puñado de mujeres solteras! ¡Que todavía experimentaba entusiasmado con nuevas profesiones y alternativas! Pero si incluso terminar la universidad le había llevado seis años porque no paraba de cambiar de asignaturas troncales... Además, era el compañero de piso más irritante que podía existir. Daba igual cuánto le pincháramos el resto, nada hacía cambiar un ápice su comportamiento.

Y sin embargo...

Creo que él sabía todo eso. Me refiero a que sabía que yo tenía sentimientos encontrados hacia él. Era experto en desaparecer cada vez que lo encontraba insoportable, y luego volvía a aparecer cuando percibía que empezaba a echarlo de menos. Una vez, recuerdo que me enfadé tanto con él que me fui a casa de mis padres a pasar el fin de semana sin decirle que me iba. Él había leído mi correo personal, fue por eso. Al volver del trabajo me lo encontré riéndose en voz baja con una carta que yo había dejado encima del escritorio, y aunque no era más que una carta inocente llena de cotilleos que me había escrito una antigua compañera de habitación de la universidad, me puse furiosa y se lo dije, pero él no comprendió por qué. «¡Estaba ahí fuera del sobre! —me dijo—. Y de lo único que habla es de esa cita a ciegas que ha tenido. Si era un secreto tan grande, ¿por qué la has dejado ahí para que la viera todo el mundo?». No me molesté en contestar a eso; me fui sin más. Cogí las llaves del coche y me largué. Me quedé en casa de mis padres todo el fin de semana, y luego, el domingo por la tarde, cuando empezaba a preguntarme cómo debería comportarme al regresar, Max me fue a buscar. Al parecer había llamado a mi madre y ella le había dicho que sí, que estaba allí, a pesar de que ella sabía bien el motivo. Mi madre quería mucho a Max. Igual que mi padre. (Mi padre me preguntó que cómo no iba a querer a un tipo que me trataba como a una reina). Así que Max se presentó en la casa sin avisar y trajo a Barbara, y cuando Barbara me vio se tumbó boca abajo y se arrastró hacia mí toda quejosa y servil y meneando la cola, aunque ella no era la que me había hecho el agravio; y mis padres, que estaban detrás de mí, decían: «¡Aaay!», «¡Mira, Gail! Pero si es irresistible», refiriéndose, por supuesto, a lo irresistible que era Max, quien no había dicho ni un triste «Lo siento» y se limitaba a estar allí de pie sonriendo con los brazos cruzados sobre el pecho. No sé con quién estaba más enfadada: si con él o con mis padres. Incluso estaba enfadada con Barbara, un poco, porque ella no tenía nada que ver con que yo me sintiera tan malhumorada, y tan culpable por estar malhumorada, y tan cautivada por su cariño.

Cuando nos casamos en enero del año siguiente, lo hicimos todo a la carrera. ¿Fue Max quien lo decidió, quizá suponiendo que era mejor pillar la oportunidad al vuelo, antes de que yo cambiara de opinión? ¿O fui yo, de hecho, por la misma razón... temerosa de mi propia naturaleza voluble? Bueno, tal vez fuéramos un poco los dos. En cualquier caso, elegimos un viernes por la tarde y fuimos al centro por nuestra cuenta y dejamos el coche en un aparcamiento público. Se suponía que caerían varios centímetros de nieve antes del anochecer, así que todos los demás coches aparcados tenían los limpiaparabrisas levantados como soldados rendidos, y la ciudad parecía suspendida, como si contuviera el aliento.

Pero nunca he sido de las personas que reviven escenas del pasado. Como mucho, una única imagen inesperada afloraba de vez en cuando —Debbie dando sus primeros pasos y luego dejando caer su trasero envuelto en el pañal; mi padre silbando «The Tennessee Waltz» mientras trasteaba con un grifo que perdía agua—, y yo pensaba: «¡Ay, eso!» o «¡Ay, aquello!», como si de verdad me pillara por sorpresa. Y entonces miraba hacia otro lado y pensaba en otra cosa.

Nos quedaban unas cuantas horas libres antes del ensayo, así que Max se echó una siesta. (Siempre había tenido por hobby echarse la siesta). Mientras tanto, yo recogí la cocina, eché un vistazo al correo de la mañana y puse una lavadora. Me planteé pasar la aspiradora, pero me pareció desconsiderado mientras Max dormía. Además, podía asustar a la gata. ¡La gata! Subí las escaleras para buscarla. Estaba enroscada de nuevo sobre mi almohada; levantó la cabeza y soltó un maullido interrogante y estiró las patas delanteras con mucho aspaviento. Así pues, me arriesgué a cogerla en brazos y a llevarla a la planta de abajo. No se quejó, se limitó a soltar un enorme bostezo cuando me senté con ella en el sillón.

—Bueno, doña Gata —le dije—. ¿Cuál es tu historia, eh?

Se adaptó a la forma de mi regazo y siguió durmiendo.

Hablaba en serio cuando dije que no quería ningún gato. Ni siquiera quería tener plantas; había llegado a una etapa de la vida en la que ya había acabado con los cuidados. Pero, por el momento, disfruté rascándole las orejas y acariciando sus aterciopeladas patas delanteras y admirando sus cejas como brotes. De hecho, entré en una especie de trance, de modo que cuando la puerta principal se abrió de repente me sobresalté casi tanto como la gata.

Sin embargo, solo era Debbie. Parecía una estrella de cine. Llevaba su típico atuendo de fin de semana —vaqueros y camiseta—, pero iba increíblemente maquillada, con pintalabios rojo intenso, colorete rosa suave y una sombra de ojos gris azulada que hacía destacar el azul agua de sus ojos, y llevaba el pelo por los hombros, en una lisa capa rubia.

—¡Qué belleza! —exclamé.

Jamás había pensado que una hija mía tendría el aspecto de Debbie. Cuando descubrí que iba a tener una niña, imaginé... bueno, una criatura huesuda, pequeña y pálida, con una quietud observadora, que tal vez llevara gafas de moldura de pasta, saliera poco con chicos en la adolescencia, y a quien sus amigos llamarían «Deborah». Pero los hijos se alejan de sus padres como tantos exploradores que se pierden en la espesura, según he aprendido con el tiempo. No son duplicados de sus progenitores. Eso me fascinaba. Me fascinaba todo lo relativo a ella.

—Deberías tener un puñado de fotógrafos rondándote —le dije.

—Ajá —se limitó a responder.

No comentó nada sobre la gata. Se sentó hecha un ovillo en el sofá y agarró el cojín que tenía más cerca y lo abrazó contra el pecho como una niña con su peluche favorito.

—¿Qué pasa? —le pregunté.

—No pasa nada.

—¿Es por el tiempo? —le pregunté. Porque llevaba varios días nerviosa a causa de la previsión del tiempo y en ese momento se empezaba a oír lluvia en el tejado.

Pero Debbie negó con la cabeza.

—¿Dónde está papá? —preguntó de pronto.

—Ah, está...

—Estoy aquí —dijo Max. Justo entonces bajaba las escaleras con los pies enfundados en los calcetines, siempre alerta ante cualquier indicio de la presencia de Debbie—. ¡Guau! —dijo cuando estuvo más cerca—. ¡Miss Universo! —Se inclinó para pasarle un brazo con cautela por detrás de la nuca y darle un beso—. ¿Qué tal ha ido el Día de Señoras o como se llame?

—Ha ido bien —respondió ella.

—¿Os habéis divertido?

—Uy, sí.

Max la miró suspicaz y luego se sentó en el sofá también, pero un poco más lejos de donde se habría sentado de forma natural. Mientras tanto, la gata desapareció... Sí, se esfumó, como hacen los gatos.

Se hizo el silencio. Luego, Max dijo:

—Qué.

—Qué —repitió Debbie.

—¿Pasa algo?

—¿Qué va a pasar? —preguntó ella a su vez.

Entonces enterró la cara en el cojín y empezaron a temblarle los hombros.

—¿Debbie? —pregunté.

—¿Cariño? —dijo Max.

—Debbie, cuéntanoslo —la azucé.

Levantó la cabeza y se limpió la nariz con el dorso de la mano. Tenía la cara surcada de lágrimas.

—¿Es por Kenneth? —le pregunté—. ¿Es algo relacionado con la boda? —Entonces añadí—: Has cambiado de opinión.

Se lanzó sobre la caja de la mesita de centro y agarró un clínex para secarse los ojos, pero se le corrió el maquillaje.

—Sabes que siempre puedes echarte atrás —le dije—. ¡Incluso en el último momento! ¡Incluso mientras vas por el pasillo al altar!

Max se removió incómodo y dijo:

—Bueno, eh...

—¿Es eso? —insistí—. ¿Ya no quieres casarte con él?

—Es que no puedo casarme con él —respondió.

Por cómo lo formuló, lo primero que pensé fue que quería decir que no estaba en posición de casarse legalmente con él. Como si ya estuviera casada con otra persona o se hubiera visto envuelta, tal vez, en algún estrambótico lío judicial.

—¿Quién lo dice? —le pregunté.

—Estaba sentada en la sala de manicura, ¿vale? Esperaba mi turno para las uñas y Liz estaba sentada a mi lado.

—Liz —repetí, perdida.

—Elizabeth, mamá... su hermana. También esperaba a que le hicieran las uñas.

—Vale...

—Y me dice: «Ay, Debbie, estoy contentísima de que Kenneth haya arreglado las cosas antes de la boda. Se lo advertí». Y sigue: «Le dije: "Kenny, no puedes embarcarte en un matrimonio sin hablar antes de ese asunto", y él en plan: "Sí, sí, desde luego", y siguió dándome largas hasta que al final le dije: "Mira, Kenneth. Si no se lo cuentas tú, lo haré yo". Eso le dije. Y entonces se puso en plan...».

Empezaba a costarme seguir el hilo de la conversación.

—Espera —le dije a Debbie—, entonces...

—Yo estaba estupefacta —dijo mi hija—. Le digo: «¿De qué hablas, Liz? ¿Contarme el qué?». Y entonces se queda muy callada y luego dice: «Oh, oh...».

—¿Contarte el qué? —pregunté.

—Resulta que se acostó con Carla Schmidt mientras yo estaba en la fiesta de antiguos alumnos de la facultad el mes pasado.

—¿Quién es Carla Schmidt? —preguntó Max.

Lo fulminé con la mirada, y Debbie, huelga decirlo, no se molestó en contestar.

—Estuve fuera un día y medio, mamá. ¡Ni siquiera un fin de semana entero!

—Pero... —dije.

La cabeza me daba vueltas, no entendía nada. Me sentía como si me hubieran dado una patada en el pecho. ¿Kenneth, el de Debbie? ¡Pero si la amaba!

—No me lo puedo imaginar —dije.

—Y entonces, claro, Liz empezó: «Ay, perdona, no era mi intención...» y «¡Ay, Dios, pensaba que te lo había contado! ¡Me juró que te lo iba a contar!».

—Pero ¿y cómo se enteró Elizabeth, vamos a ver? —pregunté—. ¿De verdad lo habló con su hermana? ¿Y por qué decidió hacer algo así?

—Exacto —dijo Max. Asentía con la cabeza.

—No lo «decidió» —dijo Debbie—. Liz le preguntó directamente y él no pudo negarlo. El caso es que, en cuanto ella pronunció esas palabras, fue como si algo hiciera clic en mi mente, ¿sabéis?

—Ay —dije.

—Pero... A ver, vamos a suponer que sea cierto —intervino Max—. Suponerlo, nada más. Pongámoslo en perspectiva. Me refiero a que... bueno, esas cosas pasan, Deb. Los nervios de antes de la boda, el típico lío de último momento... No es el fin del mundo.

Debbie giró el cuerpo para mirarlo.

—¡Tendría que haber imaginado que dirías eso! Los hombres siempre pensáis que esas cosas son normales, nada, lo típico que pasa... —Y entonces se dirigió a mí y dijo—: Tendré que cancelar la boda, claro.

—Sí... claro —dije. Carraspeé. Era como si la voz no me respondiera.

—¿Podrías encargarte tú de llamar al párroco? Si tengo que hacerlo yo, me da miedo acabar llorando.

—Desde luego —contesté.

—Espera —dijo Max.

—Y luego los invitados —dijo Debbie—. Bueno, por lo menos los nuestros. Me da igual quién se lo comunique a sus invitados. No pienso preocuparme. Por mí como si se presentan todos y se preguntan qué demonios ha ocurrido.

—¿Puedes escucharme un momento? —insistió Max.

Esta vez, las dos nos volvimos hacia él.

—Max —le dije—, estamos hablando de la persona con la que tenía intención de compartir su vida. Alguien en quien tiene que confiar por completo, en quien tiene que creer con todo su corazón hasta el fin de sus días. ¿Y ahora nos enteramos de que ni siquiera puede fiarse de él en lo que dura una reunión de antiguos alumnos?

—Lo único que digo es...

—Déjalo, mamá —me dijo Debbie—. Está claro que estamos ante uno de esos casos de brecha de género.

—Oye, lo que acabas de decir es insultante —se defendió Max—. Me niego a representar tu noción de machismo.

—Yo no he dicho...

—Deborah Jean Baines —dijo Max—. Por favor, escúchame un minuto.

Debbie le hizo caso, pero de un modo muy exagerado. Se sentó extremadamente erguida y lo miró a la cara con fijeza.

—Propongo que retrases la decisión hasta que hayas hablado con Kenneth —le dijo—. ¿Todavía está en el trabajo? ¿A qué hora sale? Por favor, ve a verlo y averigua qué tiene que decir al respecto. Puede que haya alguna otra explicación para este asunto.

—¿Qué posible explicación crees que podría haber? —le preguntó Debbie.

—A eso me refiero. No sabemos qué ha ocurrido, ¿no?

—¿Mamá? —me interpeló Debbie—. Tú me entiendes, ¿verdad?

—Por supuesto que sí —contesté.

—Lo único que pido es que dejes que el tipo cuente su versión. ¿Tan poco razonable te parece?

—Ahora empiezo a atar cabos —dijo mi hija.

—¿Qué cabos? —preguntó él.

Ella nos miró primero a uno y luego al otro y dijo:

—Da igual.

—Pero ¿de qué cabos estás hablando?

Volvió a plantarle cara a Max.

—Vale —le dijo—. Iré a hablar con él. Lo haré como un favor especial, papá, ya que te parece tan importante.

—Gracias, cariño —dijo Max contento.

Fuera lo que fuese lo que Debbie había querido insinuar, Max parecía encantado de dejarlo pasar sin darle más vueltas.

Y, en cierto modo, tenía razón. Por supuesto que debía escuchar la versión de Kenneth. Pero, aun así, casi me arrepentí cuando ella se levantó y se marchó dando un portazo. Había algo extrañamente satisfactorio en la imagen de todos esos invitados sentados en la iglesia y preguntándose qué habría sucedido.

Para entonces ya eran casi las cuatro de la tarde y no creía que Kenneth siguiera en el trabajo. (Se dedicaba a algo relacionado con la parte legal de una inmobiliaria: dudaba que en un puesto de ese tipo tuviera que fichar). Supuse que Debbie habría ido directamente al piso de él, en cuyo caso ya estaría llegando a Charles Street y ahora giraría hacia el sur. Lo más probable era que Max estuviera pensando lo mismo, porque en lugar de volver a subir para ponerse los zapatos empezó a vagar sin rumbo por la sala de estar; primero apartó la cortina para echar un vistazo, luego se agachó sobre la mesita para ojear la portada del periódico, y por último fue a la cocina, donde lo oí abrir y cerrar la nevera. Cuando regresó a la sala de estar, dijo:

—¿A qué crees que se refería con lo de «empiezo a atar cabos»?

—No sabría decirte —contesté. Y añadí—: En realidad, no piensas que Kenneth vaya a poder librarse de esta, ¿verdad?

—Intento no juzgar —dijo Max.

Miré el reloj de la librería.

—Si no nos dice algo pronto, tendremos que empezar a prepararnos para el ensayo.

—Sí, deberíamos vestirnos igualmente —dijo Max—. Porque, en cualquier caso, habrá que ir a la iglesia. Para asistir al acto o para cancelar, una cosa o la otra.

—Puede que ni siquiera nos diga nada —comenté—. Quizá esté tan hecha polvo que no pueda ni contárnoslo; quizá vaya a su casa y se meta en la cama.

Max se quedó pensativo.

—Oye, a ver qué te parece. Si después de cambiarnos seguimos sin saber de ella, la llamamos por teléfono, ¿de acuerdo?

—Vale —dije. Pero seguí sentada en el sillón.

—¿Vienes? —me preguntó.

Muy despacio, empecé a levantarme.

—¿Sabes qué me da miedo? —dije.

—¿Qué?

—Tengo miedo de que nos llame para decir que sí, que Kenneth lo ha admitido, pero que va a casarse con él de todos modos.

—En ese caso, diremos: «Muy bien, cariño. Tú decides».

No me molesté en rebatírselo. Estaba demasiado irritada. No soportaba a Max cuando actuaba con tanta tranquilidad, como si él pudiera encajarlo todo y yo no.

A continuación, fuimos cada uno a nuestro cuarto para cambiarnos de ropa. Lo único que tenía que hacer Max era ponerse una camisa, los zapatos y el blazer, así que volvió a la sala primero. Mientras yo bajaba las escaleras, oí que decía algo; estaba hablando por el móvil.

—¡Pues claro! ¡Nos vemos en un santiamén!

Y entonces colgó.

—Dice que quedamos en la iglesia —me informó.

Lo miré a los ojos y esperé.

—Dice que Kenneth se lo ha aclarado todo. Su hermana lo entendió al revés.

—¿En qué sentido lo entendió al revés? —pregunté.

—Resulta que la tal Carla se intoxicó con algo que comieron —dijo—. Estaban todos en una fiesta, Kenneth y su hermana y no sé cuánta gente más de la época del instituto, y Carla se encontró mal, así que él la llevó a casa y se quedó con ella para ir dándole hielo picado hasta que se sintió mejor. Y como no volvió a la fiesta, su hermana sacó sus conclusiones, según ha dicho Kenneth. Y además, estaba mosqueada porque contaba con que él la llevase a casa en coche y al final tuvo que apañárselas sola.

Esperé hasta que me miró a los ojos, cosa que tardó en hacer más de lo que habría sido de esperar.

—Y tú te lo crees —le dije.

—Bueno, sí, si Debbie se lo cree.

—No tienes ninguna duda.

—Desde luego que no —dijo.

Max nunca decía «desde luego».

—Bueno, pues yo no me lo creo —solté.

—Vale —dijo, sin entrar al trapo.

—Acuérdate de lo que dijo Debbie cuando nos lo estaba contando antes —le dije—. «Algo hizo clic en mi mente», dijo. Conoces esa sensación, ¿verdad?

—En realidad, no —respondió Max.

—Y por muy mosqueada que estuviera Elizabeth, ¿crees que llegaría a esos extremos para tomarse la revancha? ¿Solo porque Kenneth no la había acompañado a casa?

—Nunca se sabe.

—Además, le ha dado demasiadas explicaciones. Siempre hay que sospechar cuando alguien te da demasiadas explicaciones.

—A menos que sea porque tiene muchas explicaciones que dar.

En fin, se estaba poniendo tozudo. Me rendí; fui al armario de la entrada para coger el bolso.

—Otra cosa —añadí—, habíamos quedado en que llamarías a Deb cuando estuviéramos los dos listos.

—No la he llamado yo. Ha sido ella quien me ha llamado.

Le di vueltas a eso.

—Bueno, ¡en fin! —dijo—. ¿Vamos en tu coche o en el mío?

—En el tuyo, si te parece bien.

—Claro.

—Y recogemos a mi madre de camino —le dije—. Pero mejor no le digamos nada de Kenneth, ¿vale?

—No, por supuesto que no.

Resultó que me había dado miedo lo que no era. No es que Debbie fuera a casarse con Kenneth aun después de que él la hubiera traicionado, sino que le había tomado la palabra cuando él había asegurado que no lo había hecho.

Mi madre nos estaba esperando en la misma puerta, pero no se dio cuenta de que éramos nosotros porque estaba atenta a ver aparecer mi Corolla. Tuve que bajar la ventanilla y gritar «¡Mamá!» para que se percatara. Entonces se acercó y miró dentro del coche.

—Anda, Max —dijo al verlo.

—Sí, hola —contestó él.

—Va a quedarse a dormir en mi casa esta noche, porque ha traído un gato —le dije.

—Un gato —repitió mi madre.

—Y Kenneth es alérgico a los gatos.

No parecía muy convencida, pero abrió la puerta de atrás y entró. Iba mucho más arreglada que yo —vestido de seda de flores azules y blancas, tacones altos, bolso de charol—, pero con la vejez había menguado y el vestido le colgaba como un saco. (No quería comprar ropa más pequeña porque alegaba que nunca la amortizaría, dando a entender que esperaba morirse en cualquier momento, aunque estaba sana como un roble). Desde hacía un tiempo, me ponía un poco triste verla.

Pero ella estaba de buen humor.

—¿No es emocionante? —preguntó mientras cerraba la puerta.

—Muy emocionante —dije.

—¿Y qué tal Debbie en el spa?

—Bien, creo —contesté.

—Las mujeres se divierten mucho, ¿no? ¡Apuesto a que Kenneth y sus amigos no han pasado el día en el spa!

—Pues no —dije—. Creo que Kenneth ha ido a trabajar como de costumbre.

Mi madre dio un respingo para alisarse la falda por detrás.

—¡Y ha parado de llover! —comentó.

—Ajá.

Era consciente de que mi actitud no era tan alegre como se esperaba en la ocasión. Y puede que Max también se diera cuenta, porque una vez que nos reincorporamos a la carretera la miró por el espejo retrovisor y dijo:

—¿Y qué tal te va, Joyce?

—Muy bien, gracias.

Antes solía llamarla «mamá». Luego, después del divorcio, mi madre dijo: «Supongo que lo de "mamá" puede confundir un poco a la gente, ¿no te parece?». Probablemente habría deseado que volviera a llamarla «señora Simmons», pero cuando él cambió a «Joyce», no le corrigió. Al fin y al cabo, estaba en un territorio nuevo; en nuestra familia no había habido ningún divorcio. La pobre no sabía cómo manejar el asunto. Y yo tampoco ayudaba mucho. Ella no paraba de preguntar por qué.

«No entiendo qué puede haberse torcido», decía, y lo único que respondía yo era: «Bueno, ya sabes cómo son estas cosas. Nadie puede saber desde fuera lo que ocurre dentro de un matrimonio». Lo que sí intenté fue dejar claro que Max no tenía la culpa. Pero, aun así, mi madre pasó a hablarle en tono educado pero distante en las escasas ocasiones en que coincidían.

—Te has hecho algo en el pelo, ¿verdad? —dijo en ese momento. Y el cambio de interlocutor, que de repente dejó de ser Max, fue tan brusco que él dijo «No...» antes de darse cuenta de que se refería a mí.

—He ido a que me lo cepillaran un poco —respondí.

—Te queda muy bien, cariño.

Si hubiera sido otro día de la semana habríamos tenido que lidiar con los embotellamientos, pero los habitantes de Baltimore salen temprano del trabajo los viernes y a esas horas las calles estaban prácticamente vacías. Además, la iglesia no estaba lejos. (Era la iglesia de los padres de Kenneth. Nuestra familia no tenía parroquia).

—Espero que no lleguemos tarde —dijo mi madre mientras echaba un vistazo a una parada de autobús en la que solo había un anciano esperando—. Podrían empezar sin nosotros.

—No, no, no —dijo Max—. Somos nosotros los que marcamos el inicio. Tengo que entregar a la novia, ¿recuerdas?

—¿Todavía se entrega a la novia?

—Es una forma de hablar.

En el aparcamiento de la iglesia apenas había unos cuantos coches dispersos, pero mientras salíamos del vehículo de Max, otro paró junto a nosotros, un descapotable con un joven al volante, sin duda uno de los amigos del novio, que se nos unió de camino a la iglesia.

—Eh, hola, soy Dave Lewis.

—Gail y Max Baines —dijo Max—. Y esta es la madre de Gail, Joyce Simmons.

—Ah, sí, sois los que vais a entregar a la novia.

—Bueno, no... —empecé a decir. Pero Max me interrumpió.

—Eso es —dijo.

Subimos los peldaños y entramos en el vestíbulo, que olía a cera para muebles. El interior de la iglesia era pequeño pero elegante, con un púlpito de madera oscura muy recargado en un lugar bien visible. Allí era donde estaba la acción. Todo el mundo se arremolinó alrededor y escuchó al párroco, que decía no sé qué sobre la organista. Pero yo me puse a buscar a Debbie. La encontré de pie a un lado del grupo, entre Kenneth y sus padres. Incluso por detrás, vi que había recuperado la compostura. Tenía hasta el último pelo en su sitio y había cambiado los vaqueros por una falda larga acampanada. Kenneth le pasaba una mano por la cintura en actitud posesiva, pero ella se mantenía algo separada de él, o eso me pareció. Bueno, quizá fueran imaginaciones mías.

Fue Kenneth quien nos vio primero. Se volvió hacia nosotros y dijo:

—¡Ya están aquí!

Y entonces Debbie también se volvió.

—Estupendo —dijo.

Y se acercaron a nosotros. Nadie habría adivinado que Debbie había estado llorando. Y Kenneth parecía tan risueño y normal como siempre: un joven tranquilo de cara agradable con un mechón de pelo rubio y liso sobre la frente y una sonrisa torcida muy atractiva.

—Hola, abu de Deb. —Así era como se dirigía siempre a mi madre. Le dio un beso en la mejilla y a mí me dio un abrazo.

Me quedé rígida y apenas reaccioné, pero dudo que se diera cuenta.

—Solo quiero advertirte —le estaba diciendo Max—: puedo ser contagioso.

—¿Contagioso? —preguntó Kenneth.

—Llevo algunos pelos de gato encima.

—Sí, ya me he enterado —dijo Kenneth, pero no parecía alarmado—. Bueno, he traído el inhalador, por si la cosa se pone fea.

—¡Inhalador! —dijimos Max y yo al unísono.

Kenneth parpadeó varias veces.

—Kenneth ha ido a trabajar hoy —nos dijo Debbie—. ¿Os lo podéis creer?

Por supuesto, ya lo sabíamos. No era más que una forma de respaldarlo, de asegurarse de que comprendíamos que seguía estando de su lado; así pues, respondí como se esperaba de mí.

—Madre mía... —dije, y negué con la cabeza.

Entonces llegó su madre, elegante, con el pelo oscuro y con pinta de ser mucho más joven que yo.

—¡Buenas tardes, Gail! —me saludó—. ¡Y este debe de ser Max! Hola, Max, cuánto me alegro de conocerte por fin. Soy Sophie, y este es Rupert —añadió, porque el padre de Kenneth estaba justo detrás de ella. Kenneth había heredado el rubio de su padre, pero Rupert tenía la cara más rellena y una barriga incipiente—. Y aquí viene Elizabeth, la hermana de Kenneth.

—Ah —dije.

Resultó que Elizabeth se parecía a su padre, con las mejillas rollizas y un ligero sobrepeso. No se había esforzado tanto como el resto con el atuendo; llevaba un pantalón ancho marrón y una blusa larga. ¿Era porque en realidad no aprobaba del todo esa boda? Sentí una hostilidad manifiesta hacia ella. Aunque creía su historia, era como si en cierto modo considerase que ella había «provocado» lo ocurrido por el mero hecho de comunicarlo. ¿Y su madre, también lo creía ella? ¿Había llegado a enterarse? No, lo dudaba mucho. En ese momento le tendía las manos a mi madre y decía:

—¡Por el amor de Dios, Joyce! ¡Pero si pareces una novia!

Mi madre arqueó las cejas. Por regla general, todo lo que decía Sophie era tres veces más exagerado de lo normal. Parecía que vivía en un nivel distinto al resto, algún lugar más bullicioso y con mayor iluminación.

Pero estábamos distrayendo al grupo, así que nos separamos y nos pusimos en primera fila con Sophie, para que nos presentaran al párroco. Era el reverendo Gregory. Parecía demasiado elegante para ser clérigo, con esos pantalones sastre tan impecables y el cuello de la camisa deliberadamente levantado por detrás.

—Ay, hola —dijo con un acento casi británico—, encantadísimo de conocer a los seres queridos de Deborah.

Y pasó a explicar que para el ensayo tendríamos que apañárnoslas sin la organista, porque estaba en la cama con migraña, pero que estaría con nosotros al día siguiente. Después, Sophie se dirigió al grupo en su conjunto.

—Supongo que a estas alturas todo el mundo sabe que Kenneth y Debbie parecen tener algo en contra de que haya un maestro de ceremonias. Pero he estado buscando en Google y hay unas cuantas cosas que me gustaría comentar.

Y pasó a enumerarlas, con cara de estar encantada de tener la sartén por el mango. Quién daría la señal al desfile nupcial para que avanzara, por ejemplo; quién se colocaría dónde, quién diría qué... Lo tenía todo apuntado en una tarjeta que sacó de las profundidades del bolso. Para ser sincera, sentí alivio al verlo. Mejor ella que yo. Observé desde la retaguardia cómo se debatía consigo misma acerca de dónde debía sentarse mi madre. ¿Conmigo y con Max en la primera fila, tal vez, o con otros parientes en la segunda fila, para que no se quedara sola cuando nos levantásemos a bendecir la unión de la pareja? No, espera. A lo mejor convenía que mi madre se uniera a Max y a mí para la bendición. Pero entonces mi madre se plantó.

—De ninguna manera —dijo. Y luego añadió en voz más baja, dirigiéndose a mí—: ¿Adónde vamos a ir a parar? ¿Al final hasta tu tía Tess les dará la bendición o qué? ¿O algún primo segundo al azar?

No teníamos primos segundos al azar, que yo supiera, pero dije:

—Bien visto, mamá. Cuanto más sencillo, mejor.

Sin embargo, durante todo ese intercambio de impresiones yo estaba pendiente de Debbie. Trataba de imaginar cómo se sentía. Por desgracia, solo la veía de perfil. Cuando Kenneth le murmuró algo al oído, me pregunté qué significaba el hecho de que se apartara para mirarlo a la cara. Al ver que se echaba a reír, me relajé un poco.

—Qué bien que no le hayan puesto pestañas postizas en ese spa al que ha ido —me dijo mi madre—. Con las pestañas tan preciosas que tiene...

—Sí...

—¿Crees que no se lavará la cara hasta después de la boda?

—No, mujer... mañana irá una persona de Darleen a maquillarla de nuevo —dije, porque le había preguntado lo mismo a Debbie.

Entonces, alguien me dio unos golpecitos en el hombro y me di la vuelta para ver a un hombre que solo podía ser el tío... ¿Jacob? Era delgado y de pómulos marcados, con el pelo canoso acerado, saltaba a la vista que era de la parte de la familia de Sophie.

—¿Gail? —me preguntó.

—¿Sí?

—Soy Jared Johnson. ¿Te acuerdas de mí?

Lo miré con más atención.

—¿Jared?

Pues claro. Debería haberlo reconocido. Jared era el chico con el que salía cuando conocí a Max. Salvo que entonces llevaba una barba poblada y una melena negro azabache que le llegaba casi hasta la cintura.

—¡Santo Diooos! —exclamé.

En aquella época no me había parecido ni la mitad de guapo; al menos, yo no había sido capaz de ver su belleza bajo tanto pelo. Y, desde luego, no vestía un traje tan digno.

—He imaginado que podías ser tú —me dijo—. Llevo queriendo verte desde que mi hermana empezó a hablar de la boda. Y... Max, ¿verdad?

—Hola —dijo Max. Era evidente que no tenía ni idea de quién era.

—Así que acabasteis casados —dijo Jared—. Y divorciados, según tengo entendido.

—Así es, sí —dije.

—Yo también estoy divorciado. Me casé con una chica de California y me mudé al oeste, pero ahora he vuelto al este. Tengo un trabajo administrativo en College Park.

—Y Kenneth es tu sobrino —dije—. Vaya, qué...

Pero entonces mi madre me fulminó con la mirada y Max y yo volvimos a prestar atención a lo que tenía que decirnos el reverendo Gregory. Se estaba aclarando la garganta antes de comenzar, y repasaba sus apuntes.

—Por lo que sé —nos dijo—, la novia no ensaya el paseo hasta el altar con antelación. Se considera mala suerte. Pero que todo el mundo dé su opinión, por favor.

La gente empezó a repartirse en grupos: Kenneth y Jared se dirigieron a la parte delantera de la iglesia mientras las damas de honor y los acompañantes del novio se reunían al final. Me fijé en que los padres de Kenneth se instalaban en el primer banco del lado derecho, así que empujé a mi madre y a Max hacia nuestro propio banco en el izquierdo. Mamá fue la primera en sentarse, yo la seguí, y Max llegó el último. Debbie tomó asiento junto a Max, de momento. Eso me brindó la oportunidad de ignorar por completo a Max y preguntarle a mi hija:

—¿Qué tal vas, cariño?

—¡De maravilla! —dijo muy risueña—. ¿Y tú qué tal?

—Eh...

—La iglesia es muy bonita, ¿a que sí?

—Sí, la verdad —respondí, y me di por vencida antes de volver la vista hacia delante.

De pronto, Max dijo:

—Espera. ¿Ese de antes era Jared Johnson?

—¿Ahora te das cuenta?

—Que me aspen —dijo, y echó un vistazo hacia donde estaba Jared, junto a Kenneth.

Nunca habíamos hablado de Jared durante la época de novios, supongo que porque yo no le había dado demasiada importancia a mi relación con él. Pero ahora Max parecía algo inquieto.

—¿Desde cuándo es... ejecutivo? —me preguntó.

—Ni idea.

—Ajá.

De pronto, el reverendo Gregory se puso a cantar.

—Ta ta, tataaa... ta ta, tataaa...

Las primeras notas de la «Marcha nupcial» de Wagner, que yo estaba bastante segura de que no era la melodía que Debbie y Kenneth habían elegido para la entrada. Tras un momento de incertidumbre, Bitsy cogió del brazo al amigo del novio que tenía al lado y echó a andar por el pasillo. Llevaba la mano libre apretada en un puño delante de la cintura, es de suponer que para hacer que sujetaba un ramo de novia. Caroline los siguió con Dave, el joven que habíamos conocido en el aparcamiento, y a continuación avanzó la hermana de Kenneth sola. ¡Qué rabia que Debbie haya elegido a Elizabeth como madrina! ¿Por qué no Bitsy, por el amor de Dios, o Caroline? Aunque tal vez fuera una cuestión política: para cimentar la relación con su futura cuñada. (Y, además, así se ahorraba el tener que elegir a una amiga cercana antes que a otra). En un principio, incluso había estado de acuerdo con ella. Yo, que nunca me había llevado especialmente bien con mis cuñadas, había pensado que Debbie estaba empezando con buen pie. Pero esa tal Elizabeth, ¡con su cara de no haber roto nunca un plato y esa vestimenta tan descuidada!

En ese momento Debbie se levantó, salió del banco y se acercó a colocarse junto a Kenneth. Los dos miraron al reverendo, con un testigo de boda a cada lado. El reverendo Gregory puso el taco de hojas en vertical sobre el púlpito y dio unos golpecitos antes de apoyar los papeles planos sobre el atril. Entonces alzó la cabeza y miró a su público.

—Queridos feligreses —empezó, y luego dijo—: etcétera, etcétera.

Y movió la mano en el aire. Se volvió hacia donde Max y yo estábamos sentados y preguntó:

—¿Quién bendice la unión de esta pareja?

Max me cogió de la mano y nos pusimos en pie. Cuando me apretó los dedos, empezamos a hablar totalmente sincronizados. Salvo porque yo dije «Yo» y Max dijo «Su madre y yo».

Lo miré de reojo, nos soltamos las manos y volvimos a sentarnos.

—¿A qué ha venido eso? —susurré.

—Lo siento. Creo que así es como lo dijeron cuando se casó mi sobrina.

Mientras tanto, el reverendo Gregory continuaba con una retahíla de etcéteras que me resultaba soporífera, aunque entendía que solo buscaba que no resultase tan repetitivo al día siguiente. No obstante, Kenneth y Debbie respondieron en serio cuando llegó el momento. «Sí, quiero», dijeron por turnos, casi desafiantes.

—Y ahora os declaro etcétera, etcétera —les dijo el reverendo Gregory—. Puedes besar a la... Disculpad, ¿vais a besaros?

—Por supuestísimo —dijo Kenneth.

—Hoy en día, nunca se sabe —dijo el reverendo Gregory.

Debbie y Kenneth se besaron, pero fue un fugaz beso en los labios. Era imposible sacar conclusiones a partir de ahí. Prometo que estaba con mil ojos, pero todo me pareció absolutamente normal.

Entonces, ¿íbamos a seguir adelante como si tal cosa? ¿Como si no hubiera ocurrido nada en absoluto?

—¡Ta, ta, ta! ¡Ta, ta, ta! Ta, ta, ta, TA, TA, TA, TA, TA... —el reverendo Gregory empezó a entonar la «Marcha nupcial» de Mendelssohn, y Debbie y Kenneth le dieron la espalda para volver por el pasillo.

Jared y Elizabeth se pusieron detrás de ellos y los demás asistentes los siguieron. Cuando Debbie llegó al fondo de la iglesia, se paró en seco y agitó algo blanco en el aire y por detrás. Una especie de folleto, al parecer.

—¿Qué era eso? —preguntó mi madre.

—¡Mi ramo! —exclamó Debbie, aunque era muy poco probable que hubiera oído la pregunta de mi madre.

—¡No, querida! —dijo Sophie mientras se levantaba del banco—. ¡El ramo se tira en el banquete! ¡Al final del banquete!

—¡Ups! Demasiado tarde —dijo Bitsy, porque ya se había agachado para recoger el folleto y lo blandía, victoriosa.

—Pero ¿esto qué es? —me susurró Max al oído—. Pensaba que no había ningún maestro de ceremonias.

Lo que no le dije fue que podría haber sido mucho peor. Él no tenía ni idea de las historias que me contaba Debbie día tras día sobre su lucha por hacer una celebración discreta.

Y entonces Sophie preguntó en voz alta:

—¿Todo el mundo sabe dónde está el restaurante? ¿Alguien necesita indicaciones?

Íbamos a ir al Silver Spoon, según me habían dicho: decisión de Sophie y Rupert, pues se suponía que la cena del ensayo la ofrecían los padres del novio. El Silver Spoon estaba considerado uno de los restaurantes más sofisticados de Baltimore, así que mi madre chasqueó la lengua, satisfecha.

—¿Crees que todavía harán su famosa salsa de cangrejo? —preguntó mientras desfilábamos por el pasillo.

—No veo por qué no —dije.

—¿Y los camareros aún servirán el vino a medio metro por encima de las copas?

—De eso ya no estoy tan segura —le dije—. Me parece algo muy de los años setenta, ¿no crees?

—Bueno, pero ojalá sea así —comentó mi madre.

Y salimos de la iglesia para que nos recibiera el final de la tarde, soleada después del chubasco, y todo el mundo se quedó sonriendo y parpadeando al sol con aire festivo.

Sophie me había asegurado que no habría discursos ni formalidades en la cena. No sería más que la típica comida de restaurante, con un mínimo número de comensales pidiendo cada uno a su gusto y charlando en una única mesa larga. Lo que ocurre es que, al parecer, no habían informado de eso al padre de Kenneth, así que se levantó para dar golpecitos con el tenedor en la copa en cuanto sirvieron el vino. (Desde una altura muy poco imponente, por cierto).

—Me gustaría daros la bienvenida a todos —dijo—. Pero en especial a Deborah, ¡la nueva incorporación al clan de los Bailey!

—Ay, gracias —murmuró Debbie, sin duda suponiendo que ahí terminaba el discurso.

Pero no, aún le quedaba mucho por decir.

—El mismísimo día en que la conocimos, le dije a Sophie que tenía la impresión de que podría ser la Definitiva. ¿A que sí, Sofe?

—Sí, cariño, me lo dijiste.

—«Espera y verás», le dije. «No será la última vez que veamos a esta jovencita». Eso fue en Acción de Gracias, hace más de año y medio. Debbie apareció en nuestra casa con un pastel de calabaza que había preparado ella misma. El pastel de calabaza más delicioso que he probado, ¡y eso que ni siquiera me gusta el pastel de calabaza!

Algunos se rieron entre dientes, y mi madre, que estaba sentada a mi lado, murmuró:

—Bien dicho.

—Pero este pastel en concreto —continuó Rupert— tenía, no sé, algo cremoso dentro, nata o algo así, de modo que ni siquiera era de color naranja sino, digamos, beige; y le dije a Sophie, sí, le dije: «No se habría tomado tantas molestias si fuese una cita informal, alguien que viene a cenar gratis. Recuerda estas palabras», le dije.

—Eh, sí, bueno... —terció Sophie.

—Y ¡así fue! Justo antes del día de San Valentín (apenas dos meses y medio después, ¡nada más!), Kenneth viene a casa y nos pregunta: «¿Qué os parece?», y saca un anillo de diamantes en un estuche de la joyería Stieff. «Voy a pedirle a Debbie que se case conmigo», me dice. ¡Vaya, qué emoción nos entró! De hecho, Sophie estuvo a punto de echarse a llorar.

—Es cierto —corroboró Sophie—. Pero igual...

—Así que brindo por ti, querida Debbie. —Y Rupert levantó la copa de vino—. ¡Espero que seas muy feliz en nuestra familia!

Los demás también levantaron la copa entre murmullos y Debbie sonrió antes de decir:

—Gracias, Rupert.

Y dio un sorbo a su copa. Pero yo estaba sentada en diagonal, al otro lado de la mesa, lo bastante cerca para ver que, en cuanto dejó la copa en la mesa, paró de sonreír. Y, en realidad, la sonrisa no había llegado a reflejarse en sus ojos.

Miré a Max, que estaba dos asientos más allá, pero la contemplaba con cariño y estoy segura de que no sospechaba nada.

Quien sí sospechó fue Kenneth. Sentado a su lado, la miraba con tanta atención que parecía estar esperando a que ella también diera un discurso. E incluso cuando no lo hizo, incluso cuando Debbie soltó la copa y cogió la carta del restaurante, continuó observándola.

Soy dada a preocuparme; lo admito. Siempre me pongo en lo peor. Pero esta vez... juro que tenía buenos motivos para hacerlo. Juro que Kenneth trataba de averiguar si ella se había creído su historia, y que sospechaba que no. Es más, estaba en lo cierto: ella no se lo creía. Saltaba a la vista que estaba disgustada.

Mi madre no me preguntó qué me inquietaba hasta que estuvimos en el coche, volviendo a casa.

—¿Inquietarme? Nada —contesté—, no hay nada que me inquiete.

—Muy bien —dijo, y apartó la cara para ponerse a mirar por la ventanilla.

A esas alturas había oscurecido y la lluvia seguía dándonos tregua, aunque Max encendió el limpiaparabrisas para quitar alguna que otra gota que caía de los árboles.

—¿Te lo has pasado bien en el ensayo? —le preguntó a mi madre.

—Sí, gracias.

—En parte me habría gustado que eso hubiera sido la boda —comentó Max—. Es como si mañana solo fuéramos a repetir lo mismo.

—Pero con menos etcéteras —se le ocurrió a mi madre.

—Esperemos.

—Y ropa más elegante.

—Sí, supongo que tienes razón.

—Aunque ese tío del novio iba ya de punta en blanco —dijo pensativa.

—El tío y Gail tuvieron una historia —le dijo Max.

—¿Ah, sí? —dijo mi madre—. ¿De verdad? —me preguntó a mí.

—Salimos unas cuantas veces —respondí.

—Ya me fijé en que te hacía mucho caso.

—¡No me hacía mucho caso!

—Si no, ¿por qué iba a correr a decirte que ya no está casado? —me preguntó—. Y luego, ¡prácticamente me apartó de un plumazo para intentar sentarse a tu lado en la cena! Tuve que sacar mis codos puntiagudos para hacerle retroceder.

Max se rio.

—Y por cierto, ¿qué me decís de la madrina? —continuó mi madre—. ¿Elizabeth? ¿Se llamaba así? Por el amor de Dios, ojalá tuviera tanto estilo como su madre.

—Bueno, a ver qué se pone mañana —dije.

—Dudo que vista mucho mejor —contestó mi madre.

Sentí una pequeña satisfacción. Todavía culpaba a Elizabeth por hacer desdichada a Debbie.

Ojalá pudiera darle a mi hija una píldora mágica que le causara amnesia. Ojalá tuviera una píldora para amnesia yo también.

Después de dejar a mi madre en su casa, y ya de camino a la mía, me desplomé en el asiento del copiloto como un saco de patatas.

—¡Menudo esfuerzo! —le dije a Max.

—¿A qué te refieres? —preguntó.

—¡A todo! ¡Tanta gente, tanto «encantada de conocerte»!

Pero siempre teníamos esa conversación. Creo que jamás había vuelto de un encuentro social sin sentirme seca y exhausta, vacía. Max, por el contrario... Max sabía abstraerse más. En el fondo esas cosas le gustaban tan poco como a mí, pero de algún modo, las sorteaba.

Cuando estábamos casados, éramos famosos por marcharnos de las fiestas los primeros. «¡Ups! ¡Ya se van los Baines!», exclamaba el anfitrión. Y alguno de los invitados decía, por ejemplo, con cierto desdén: «Menuda sorpresa». En parte echaba de menos esos tiempos, quiero decir en ese sentido, nada más. No es lo mismo irse el primero cuando estás tú solo. Así pues, en el momento en que Max dijo: «Tengo que reconocer que la madre de Kenneth es una pesada», cogí el guante de inmediato y respondí: «Dímelo a mí».

—¿Crees que intentará dirigirlos cuando estén casados igual que está dirigiendo la boda?

—Bueno, ten en cuenta... —empecé a responder.

Ten en cuenta que Debbie no es una blandengue, es lo que iba a decir. Pero entonces me lo pensé dos veces. Ya no estaba tan segura, así que dejé la frase a medias. Me limité a encogerme de hombros.

Hicimos el resto del camino en silencio. Cuando llegamos a Ripken Street, Max aparcó en el hueco que había detrás de mi Corolla —de nuevo más cerca de lo recomendable— y apagó el motor, pero se quedó ahí sentado. Lo miré a la cara. Él miraba hacia delante. Había tanto silencio que percibía el sonido áspero de su respiración.

—Gail —dijo al fin—, cuando dijiste que Debbie tenía que confiar en Kenneth por completo, que tenía que sentir que podía creer hasta la última palabra que él dijera hasta el fin de sus días, ¿lo decías en sentido literal?

—Claro —contesté.

—Quieres decir sin el menor atisbo de duda. Sin el menor desliz. Cero errores permitidos.

—Estamos hablando de la boda de nuestra querida hija, Max —le dije—. No puede haber medias tintas. No vale el «ah, bueno, qué más da».

—Bien.

Entonces suspiró de forma muy prolongada y dijo:

—Ya veo que no voy a ganar esta batalla.

Era tan típico. Teníamos una conversación cordial y entonces decía algo que me recordaba que él y yo estábamos en las antípodas, que era una clase de persona totalmente opuesta a mí. Abrí la puerta de un tirón y salí del coche. Ya estaba en la mitad de los peldaños de la entrada cuando oí que abría la suya.

En la sala de estar, una única lámpara daba luz desde una mesita auxiliar. Apenas distinguía la forma de los muebles en la penumbra, pero vi unos trocitos de algo blanco desperdigados por la alfombra, y más pedacitos en el sofá, y todavía más de camino a la cocina.

—¿Qué demonios...? —dije.

Encendí la luz del techo. Eran trocitos de papel, de ese traslúcido como el papel higiénico; y, en efecto, junto a la alfombra vi un tubito de cartón suelto.

—Ay, madre —dijo Max. Luego llamó a la gata—. ¿Minina, minina?

—Está aquí —dije.

Estaba ovillada en el sillón que había ocupado antes, con aire perplejo y desaliñado, como si la hubiéramos despertado de la siesta. La reprendí con la voz y parpadeó varias veces, toda inocencia.

Max se agachó para empezar a recoger uno por uno todos los pedacitos de papel de la alfombra, y yo fui a buscar la aspiradora.

—Esto no es lo que yo llamo ser una buena invitada —le estaba diciendo a la gata cuando regresé.

Enchufé la aspiradora y la encendí, y la gata se puso más alerta, pero no huyó.

—Supongo que se le ha hecho largo el rato que la hemos dejado sola —me dijo Max.

—Salta a la vista —dije.

La aspiradora era vertical, pero pude levantarla lo suficiente para subirla al sofá y aspirar los cojines. Cuando la moví hacia los sillones, la gata se levantó con actitud despreocupada, saltó al suelo y se marchó, con la cola bien erguida.

—¿En serio ha salido todo eso de un único rollo? —preguntó Max. Había recogido el tubo de cartón del suelo y lo miraba con atención—. ¿Cómo ha podido montar semejante desaguisado?

—Supongo que lo ha hecho a conciencia —le dije.

Max fue a la cocina a tirar el cartón y yo desenchufé la aspiradora y la guardé en el armario de los abrigos.

Cuando aparecí en la cocina, Max estaba de pie delante del frigorífico, analizando lo que había dentro.

—He pensado en tomar una cerveza —me dijo—. ¿Te apetece?

—No, gracias. —Me quedé callada un momento—. Me preguntaba si Debbie va a llamar —dije por fin.

—No llamará.

—Para comentar el ensayo, nada más.

—Eso no va a pasar —dijo.

Eligió una lata de Old Dundalk y cerró la puerta de la nevera. Como si estuviera en su casa.

—En fin, creo que me voy a la cama —dije.

—¿Qué?... ¿Ya? ¡Si apenas son las nueve!

—Ha sido un día muy largo. Aunque, si te apetece, puedes quedarte un rato más despierto.

—Ah. Vale. Pues entonces, buenas noches, supongo.

Al minuto siguiente estaba acomodándose en la butaca reclinable. La echó para atrás al máximo.

—Aaah, qué lujo —dijo. Fue mitad bostezo, mitad suspiro.

Subí las escaleras y fui a mi habitación, donde encendí la lámpara, cerré la puerta... pero luego me limité a sentarme en el borde de la cama y mirar al vacío.

Max tenía razón: ella no llamaría. ¿Por qué iba a hacerlo? Ahora vivía por su cuenta, era autónoma. Siempre lo había sido.

Al final, me levanté y me preparé para ir a dormir. Luego me colé entre las sábanas y apagué la luz. Un arco pálido y resplandeciente surcó el techo cuando pasó un coche, y oí música tenue a lo lejos.

Al cabo de un momento, aparté la manta y me quedé tapada solo con la sábana. Me incorporé de nuevo para ahuecar la almohada y me tumbé otra vez.

Poco después sonó la puerta al abrirse, y el haz vertical de luz que entraba se amplió y entró la gata. Se oían perfectamente sus pasos; eso da una idea de cuánto pesaba. Noté cómo se hundía el colchón cuando saltó encima.

Pero lo más raro fue esto: por una décima de segundo, había pensado que era Max quien estaba en la puerta y había sentido una punzada de indignación. ¿Es que no había forma de escapar de aquel hombre?

La rabia sabe mucho mejor que la tristeza. Es más limpia, en cierto modo, y más definida. Pero luego, cuando la rabia se esfuma, la tristeza vuelve a ocupar su sitio, igual que siempre.

Dos

El Día D

Al final, resultó que Debbie sí llamó.

Telefoneó la misma mañana de la boda. Llamó a Max, para ser exactos. En ese momento estábamos en la cocina. Max le estaba dando la vuelta a una tortilla, y cuando sonó el teléfono lo sacó del bolsillo y miró la pantalla y me dijo: «Debbie», mientras pulsaba para descolgar.

—¿Sí? —contestó.

Dejé un bol de pienso en el suelo para la gata y fui a su lado.

—Bueno, sí, eso pensaba hacer; ¿por qué me lo preguntas? —decía al teléfono. Y luego—: No, porque el único que tengo es de invierno. —Me miró y dijo con los labios—: Traje.

—¿Qué?

—Quiere saber si tengo intención de ponerme el blazer de anoche para la boda. O si por casualidad me he traído un traje, eso pregunta.

—Oh, oh —dije.

Debbie dijo algo más.

—Es un detalle por tu parte, cariño. ¡Pero te espera un día muy largo! ¿Qué te parece si le pido a tu madre que le dé un buen planchado a ese blazer? Creo que con eso bastaría.

No oí qué le respondía ella.

—¿Qué dice? —le pregunté a Max.

—Quiere llevarnos a comprar un traje —me contó.

—¡Ah! Dile que sí, que iremos.

—¿Iremos? —preguntó.

—¡Estaremos solos los tres! —aclaré, casi en un susurro—. Hazle caso, es buena idea.

—Según tu madre, sí que deberíamos ir —dijo al teléfono—. De acuerdo. No, no es necesario, puedo... Vale, pues hasta luego.

Se guardó el móvil en el bolsillo de nuevo.

—Pasará a buscarnos a las diez menos cuarto —dijo—. Estaremos en Lerner Brothers en cuanto abran y compraremos la primera cosa que me sirva para que ella vuelva a casa a tiempo de la sesión con la maquilladora.

—¿A qué te referías con que no era necesario? —le pregunté.

—Que pagara ella el traje.

—No, por supuesto que no —dije—. Pero ¿es que no te das cuenta? ¡Es perfecto! Aunque solo sea un rato, tendremos una última oportunidad de razonar con ella.

—Gail. No.

—No seré insistente. ¡Te lo prometo! Seré sutil. No le diré que no se case con él; solo le sugeriré que se tome algo más de tiempo para decidir.

—Pero ¿qué te pasa, Gail? ¿Por qué interfieres todo el rato en esto?

—Por la misma razón que interferiría si viera a mi hija de dos años a punto de saltar por un acantilado —le dije.

—No es una niña de dos años, Gail. Es una mujer hecha y derecha, y ha elegido casarse con alguien que ha cometido un único error.

—¿Lo ves? ¿Eh, lo ves? ¡Tú tampoco te lo crees! ¡Acabas de admitir que lo hizo!

—Ha sido sin querer —dijo—. Me has confundido.

—Eso es lo que más me hace dudar —dije—, que no le contara la verdad.

—No, empezaste a «dudar», como tú dices, antes de que él dijera nada.

Me pone enferma esa costumbre que tiene Max de echar por tierra mis argumentos. Cuando estábamos casados, me agotaba.

—¿Podemos dejar el tema? —dije.

—Claro, aunque has sido tú la que lo ha sacado.

—Vale, cambio de tema. ¿Qué tal has dormido? —le pregunté.

—He tenido un sueño de lo más bochornoso.

Ah, sí, otro de los defectos de Max era lo mucho que le gustaba contar sus sueños, que siempre eran interminables. Mientras me servía mi ración de tortilla, dijo:

—He soñado que mandaba al director de la escuela una nota de pésame, pero luego me daba cuenta de que no había muerto nadie.

—¿Quién pensabas que había muerto? —pregunté.

—Su esposa. Había dejado la nota en el buzón, así que para recuperarla montaba una especie de caña de pescar con una cuerda y un trozo de chicle mascado...

Suspiré y di un bocado a la tortilla. La verdad era que no estaba mal.

—Y entonces, al ver que no funcionaba, pensé, ¡ya sé! Si el buzón es uno de esos que están fuera de la casa, o sea colgado de un poste junto a la puerta principal, puedo esperar detrás de un arbusto hasta que llegue el cartero y entonces...

Estaba tan preocupada por Debbie que había pasado por alto el problema de mi situación laboral. En ese momento me puse a barajar opciones. Max había dado en el clavo con lo de los estudiantes que aborrecían las mates: siempre me había encantado hacerles cambiar de opinión. Esperé a que parase para tomar aire (había llegado a uno de esos momentos ilógicos que suelen ocurrir en los sueños, en el que se encontraba de repente en un crucero), y entonces le pregunté:

—¿Crees que hace falta mucho papeleo hoy en día para trabajar de profesora?

—¿Perdona?

—Me gustaría volver a dar clase, pero ¿sería posible a estas alturas? Ya no estoy segura de si tengo la titulación que hace falta actualmente.

Se me quedó mirando.

—Lo que necesitas —dijo al fin— es un chaleco tranquilizante.

—¿Un qué?

—Uno de esos chalecos ajustados que les ponen a los perros que tienen miedo de los truenos y cosas así. ¡A ver, por el amor de Dios! ¿Es que llevas una lista pormenorizada de cosas de las que preocuparte? ¿No se te olvida ninguna?

—Pero ese tipo de chaleco estará pensado para cuatro patas, ¿no? —pregunté—. ¿Qué hago con los dos orificios que sobran?

—Añádelo a tu lista de preocupaciones —sugirió.

Me eché a reír y fui a buscar la cafetera.

—¿Te apetecería dar clases donde las doy yo? —me preguntó.

—Ya sabes que no puedo irme de Baltimore. Todavía tengo aquí a mi madre.

Y además, estaba Debbie. Pero eso no lo dije.

—El jefe de estudios de mi escuela es muy amable —dijo Max—. Su mujer y él me invitan a pasar con ellos las fiestas señaladas.

—Puede que dejen de hacerlo ahora que le has dado el pésame a él.

—No, fue al director a quien le mandé la nota de pésame. El director y el jefe de estudios son dos personas distintas.

Volví a enchufar la cafetera y me senté.

—Tenemos que decidir qué vamos a decirle a Debbie.

—No vamos a decirle nada a Debbie.

—Me alegra que nos dé la oportunidad de hablar con ella —dije—, aunque me da rabia que sea porque de pronto le preocupa qué ropa vas a llevar. Seguro que es cosa de los Bailey, no me cabe duda. ¡A Debbie nunca le ha importado un comino cómo vestimos! Y me pregunto si también sería idea de los Bailey el que se ofreciera a acompañarme a comprar un vestido. Y lo del día en el spa, ahora que lo pienso. ¡No había ido a un spa en su vida!

—¡Es que no se ha casado en su vida! —comentó Max.

—¿Tú crees que se está poniendo de su lado?

—¿A qué lado te refieres? —preguntó.

—Bueno... ya sabes. Distinto del nuestro.

Max dejó la taza suspendida en el aire.

—Es la primera vez en mucho, mucho tiempo que has usado la palabra «nuestro» —me dijo.

—¿Eh? No, me refería... Me acuerdo de cómo me sentía yo cuando era joven. Era como si me avergonzara de mis padres. No jugaban al golf ni al tenis ni iban a bailes benéficos.

—A mis padres les encantaban —dijo Max.

—Ya lo sé. Yo soy la persona que tus padres tardaron en aceptar. No era lo bastante dada a los abrazos y las muestras de afecto.

—Oye, oye, que les caías muy bien —me dijo.

Me fijé en que no dijo: «Te querían mucho».

Otra cosa que pudo predisponerlos en mi contra fue la forma en que me presentó. Me llevó a su casa un día sin avisar, de camino a una cena, y gritó: «¡Mamá! ¡Papá! ¡Esta es Gail! ¡Por fin vais a conocer a Gail!». A saber con cuánto bombo me habría anunciado antes. Y yo, como es natural, estaba tan ansiosa por causarles buena impresión que me cerré como si fuera una tortuga. No lo pude evitar. Sabía que lo estaba haciendo, pero no podía comportarme de otra manera.

Si mis padres aprobaron nuestro matrimonio porque Max bebía los vientos por mí, es probable que los padres de Max no lo aprobaran justamente por la misma razón. Su hijo había llevado a casa a aquella chica fría y distante que, según él, no podía hacer nada mal. Afirmaba que era el hombre más afortunado del mundo solo por haber conseguido que una chica así se fijara en él. Ahora entiendo el punto de vista de sus padres. Pero entonces no.

Y casi puedo garantizar que, si hubiesen vivido lo suficiente para ser testigos del divorcio, le habrían dicho a Max: «¡No nos sorprende!».

Debbie llegó justo a tiempo, a las diez menos cuarto. Yo estaba esperándola junto a la ventana, de modo que no tuviera ni que aparcar.

—Siéntate tú delante —me dijo Max mientras cruzábamos el porche.

No discutí. Quería observarla de cerca; necesitaba calibrar su humor.

Y parecía estar de buen humor, al menos a simple vista.

—¡Buenos días a los dos! —exclamó cuando nos montamos en el coche.

Llevaba unos vaqueros y una camisa de cambray, sin pizca de maquillaje, aunque aún lucía el pelo suelto por los hombros. Normalmente se recogía el pelo en una coleta los fines de semana. Supuse que no quería dejar marcas de gomas en la melena.

—Feliz día de tu boda, cariño —dijo Max desde el asiento de atrás—. Qué detalle que lo empieces llevando a tus padres de compras.

—Intento ocupar el tiempo —le contestó. Miró por el retrovisor a su izquierda y luego enfiló la calle—. Hasta las dos no tengo nada. Entonces es cuando llega Darleen para maquillarnos otra vez.

—¿Qué plan tienes para comer? —le pregunté.

Yo en su lugar habría sido incapaz de probar bocado.

Pero ella dijo:

—La madre de Kenneth va a traer sushi.

—Ah —comenté. Y añadí—: ¿Va a comer con vosotras?

—¿Eh? No lo sé —contestó mientras ponía el intermitente—. O sea, puede que sí. No se lo he preguntado.

Seguro que sí, no me cabía duda. De lo contrario, ¿por qué no lo habían encargado por teléfono al propio restaurante? Sophie llevaría el sushi a la puerta de Debbie y haría muchos aspavientos a la hora de alejarse, pero las chicas dirían con educación: «¡Ay, no tienes por qué irte!». Y ella respondería: «Bueno, igual me quedo un momentito, medio minuto...».

—A lo mejor incluso sale el sol —anunció Max.

Habló demasiado rápido y demasiado alto; apuesto a que pensaba que yo estaba a punto de decir alguna inconveniencia sobre Sophie. ¡Pero no se me habría ocurrido hacer eso! Me limité a sonreír de forma exagerada mirando hacia la ventanilla.

—Ojalá tengas razón —dijo Debbie.

Debería haberme ofrecido a llevarles yo la comida. No sabía que las madres podían hacer eso.

—¿No vas a ver al novio hasta el momento de la boda? —preguntó Max—. ¿O ha cambiado la tradición?

—No, hoy no nos veremos en todo el día —dijo Debbie—. Ni siquiera sabe qué voy a ponerme. Solo le he dicho que no iría de largo, para que supiera que no hacía falta esmoquin.

Al pasar junto a mi escuela aparté la mirada, porque, aunque era sábado, me preocupaba que alguien pudiera verme. («Me pregunto qué se traerá entre manos Gail Baines merodeando por el Ashton School... Todo el mundo sabe que carece de habilidades sociales»).

Pasamos por delante de la tienda de refrescos donde iban los estudiantes después de clase, y por delante del local de truchas de lago, y por delante de Mayella's Produce con su tenderete de fruta en la calle, que siempre parecía mustia. Debbie nos contaba que la abuela de Kenneth les había regalado su cubertería de plata antigua.

—Con un dibujo muy bonito. Hay algunos cubiertos que ni siquiera sé para qué son. Cuchillos con muescas raras y tenedores que solo tienen dos puntas.

—Santo Dios —dije—. ¿Y cómo vais a limpiar todo eso?

—No cuesta tanto. Si utilizas los cubiertos a diario la plata se mantiene pulida ella sola.

—¿Vais a usar tenedores para ostras a diario?

—¿Para eso son? Ah, vaya...

—No pasa nada si me pongo otra vez la camisa que llevaba ayer, ¿verdad? —preguntó entonces Max desde el asiento de atrás.

Debbie lo miró por el espejo retrovisor.

—¿No te has traído otra? —preguntó.

—De vestir no.

Mi hija me miró y puso los ojos en blanco.

—Ya encontraremos una en Lerner Brothers —le dije a Debbie.

—Esto empieza a ponerse caro —comentó Max.

—Ya te dije que me gustaría pagar a mí —dijo Debbie.

—No, no, no...

No sé por qué se le ocurrió mencionar lo del gasto. Lerner Brothers era lo más económico del mundo.

Y, de hecho, en cuanto cruzamos la puerta principal y pasamos por delante de un estante con calzoncillos en paquetes de tres y un mostrador lleno de zapatillas de deporte, lo primero que encontramos fue un cartel que decía: TODOS LOS TRAJES AL 40%.

—¿Lo ves? Tenía que ser... —dijo Max, como si la excursión hubiera sido idea suya.

Debbie y él se dirigieron a donde estaban los trajes, mientras yo me desviaba hacia un stand con camisas. Busqué su talla, aunque me parecían un poco estrechas, así que revolví entre las prendas en busca de una que pudiera contener su forma de barril. ¿Y corbata?, ¿se habría acordado de meter alguna en la bolsa de viaje? Por si acaso, me acerqué a un mostrador donde había un batiburrillo de corbatas sin envolver, como si fueran restos de serie, y elegí una de color azul marino con diminutas estrellas blancas. Esa le pegaría con todo.

Cuando llegué a la sección de los trajes, Max ya había entrado en uno de los probadores y Debbie estaba sentada cerca, en el departamento de zapatería, mirando el móvil.

—¿Qué te parece? —pregunté mientras me desplomaba en un asiento al lado de mi hija. Le mostré la corbata y asintió con la cabeza.

—Siempre que no se decida por el marrón —me contestó—. Se ha metido en el probador con un traje marrón, otro negro y otro azul marino.

—¡Marrón! No lo creo.

—Bueno, no parecía muy convencido con ninguno de ellos, así que ¿por qué no le decimos que se compre el azul? —comentó.

—Mientras le quede más o menos bien —le dije a Debbie—. No parece que Lerner Brothers tenga servicio de sastrería precisamente.

—Ya.

Volvió a concentrarse en el teléfono.

En la tienda sonaba «By the Time I Get to Phoenix». Una pareja mayor se reía entre dientes junto a las camisetas de manga corta; la esposa había extendido una en la que había estampado un lema y la sostenía en alto.

—Debbie —dije. Carraspeé.

—¿Sí? —contestó sin levantar la vista.

—Deb, ¿te has dado cuenta de que es algo permanente?

Entonces sí alzó la vista.

—En realidad no lo es —me dijo—. Como deberías saber mejor que nadie.

—Pero nadie quiere un divorcio —repliqué—. Nadie va al matrimonio pensando: «Ah, bueno, siempre puedo salir de esta mañana si resulta que cambio de opinión».

—Bueno, imagino que habrá unas cuantas personas que piensen eso —comentó. Y volvió a mirar el teléfono.

Así pues, decidí dejarlo por imposible. Me habría dolido en el alma que mi única hija hubiera dejado de hablar conmigo el día de su boda.

No obstante, en ese momento dejó caer de golpe el móvil dentro del bolso y se volvió a mirarme.

—Muy bien, mamá. ¿Quieres saber lo que pienso?

Me preparé.

—Creo que, debido a tu propia experiencia, estás empecinada en que el hombre que se vea en esa situación tenga que acatar las consecuencias.

—¡Mi experiencia! Pero ¿de qué hablas?

—No me chupo el dedo, ¿sabes? Nunca os he preguntado los detalles y no voy a hacerlo ahora. Sinceramente, no quiero saberlo. Pero te diré una cosa: he aprendido de sobra lo que no debo hacer. Me niego a ser una de esas mujeres que guardan rencor eternamente. Que no saben perdonar a sus maridos por un desliz estúpido.

—Pero...

—¿Qué tal me queda? —preguntó Max.

Parecía el dueño de una funeraria. Bueno, salvo por el cuello redondo del suéter. Pero el traje que se había puesto era de un material tan brillante y tieso, de un negro tan intenso, que su piel se veía cenicienta. Casi daba la impresión de estar muerto.

Sin embargo, en ese momento no me sentí capaz de decírselo. No me atrevía. Tenía una expresión de lo más esperanzada; lucía esa sonrisa esperanzada, confiada. Desde luego, él pensaba que le sentaba de fábula.

Fue Debbie quien al final se atrevió a decir:

—Pruébate el azul marino.

Su sonrisa se esfumó.

—¿En serio? —preguntó. Me miró a la cara—. ¿Qué opinas tú? —me dijo.

—Sí, bueno... Tal vez el azul —dije con un hilillo de voz.

—¿Perdona?

—Pruébate el azul.

—Ah —dijo.

Miró una manga, con gesto pesaroso, y luego se dio la vuelta para volver a meterse en el probador.

—¡Y ponte esta camisa debajo! —exclamé. Me levanté y agité en el aire la camisa que había elegido—. ¡Y esta corbata!

—Ya tengo corbata —dijo por encima del hombro—. Y no hace falta que me lo pruebe, porque el azul marino es exactamente igual que el negro.

La verdad es que no me había fijado en el modelo, más allá del color. Pero lo dejé pasar. Devolví la corbata a su mostrador y volví a sentarme junto a Debbie.

—Por suerte, nadie se fija en el padre de la novia —le dije.

—Cierto —dijo ella. Volvía a mirar el móvil. Entonces dijo—: ¿Sabes qué? Bitsy tiene una erupción.

—¡Una erupción!

—Cree que es por algo que comió anoche.

—Qué pena —dije—. Deb...

—Puede que fuera la piña del plato de pollo.

Me obligué a pensar en el tema que teníamos entre manos.

—¿Va a poder ir a la boda?

—Sí, podrá ir a la boda, pero dice que los niños se van a asustar cuando vean su cara.

—Bueno, la gente tampoco se fija en las damas de honor —le dije.

El comentario la hizo reír.

—A ver, creo que estás forzando un poco la máquina, mamá.

—Pero tengo razón —dije—. ¿O no tengo razón? —le pregunté a Max, porque en ese momento se acercaba a nosotras, de nuevo vestido con su ropa y agarrando el traje azul marino hecho un ovillo bajo un brazo—. Nadie se fija en nadie salvo en la novia cuando va de boda.

—Cuánta razón tienes —dijo, y dejó caer el traje encima de la camisa que yo tenía en el regazo—. Y, por eso mismo, mi blazer color caqui habría sido más que suficiente; creedme.

Debbie metió el móvil en el bolso otra vez y se levantó.

—Bitsy tiene una erupción —le contó a su padre mientras nos dirigíamos a la caja—. Piensa que podría ser por la piña de anoche.

—Ah, claro, en el plato de pollo —dijo Max.

—¿Tú comiste pollo? —le pregunté.

—Sí.

—¡Pensaba que eras vegetariano!

—Y lo soy, pero nunca me había planteado que los pollos fueran seres sintientes.

Miré a Debbie con resignación, pero no sé si lo pilló.

Después de pagar las compras —bueno, después de que Max pagara— y una vez en la calle, Debbie dijo:

—¡Hala! Ya está. Es hora de volver a casa antes de que lleguen mis damas de honor.

—Gracias de nuevo, cariño —le dijo Max—. Es un detalle que nos hayas ayudado con esto.

Tengo que admitir que fue un gesto de cortesía que lo dijera, teniendo en cuenta que había accedido a hacer el recado solo porque su hija se lo había pedido.

Las nubes seguían sin descargar, pero el ambiente estaba húmedo y pesado. Confiaba en que no hiciera demasiado calor; el vestido de novia de Debbie tenía un escote cerrado. Aunque tal vez no se percatara del calor. Tal vez fuera una novia tan pletórica de felicidad, tan embelesada y eufórica, que ni siquiera viera el tiempo que hacía.

Sin embargo, no me daba la impresión de que se sintiera así. Me parecía la discreta Debbie de siempre, conduciendo con pericia entre el tráfico del sábado por la mañana. Aunque esta vez yo iba sentada detrás, pues no sé cómo había acabado con la voluminosa bolsa de Lerner Brothers en las manos, y no veía su expresión.

Los tres bajamos las ventanillas y Debbie encendió la radio. Emitían las noticias deportivas. Al parecer, a los Orioles les iba bien esa temporada, y Debbie opinaba que podían aguantar el tipo. Max dijo que estaba de acuerdo.

—Estoy seguro de que este año podrían llegar a la Serie Mundial.

Resulta que yo sabía que a Max le traía sin cuidado la Serie Mundial de béisbol. Lo único que intentaba era conectar con su querida hija. Y hubo algo en esa actitud, junto con el recuerdo de su sonrisa confiada mientras posaba con aquel traje negro tan horrible, que me rompió el corazón. No puedo decirlo de otra manera. Me rompió el corazón.

Nos detuvimos delante de mi casa y Max le dio a Debbie un beso de despedida en la mejilla antes de bajarse del coche. Pero yo tenía que maniobrar con la bolsa, así que mientras él ya estaba subiendo los peldaños de la entrada, yo todavía no había cerrado la puerta. Me paré un momento junto a la ventanilla de Debbie.

—Deb... —le dije.

—Mamá...

Noté que temía que le sacase el tema de Kenneth otra vez y quería impedírmelo. Pero me adelanté a lo que fuera que pensara decir.

—Deb... —dije—. No puedo dejar que sigas pensando... Sé lo que piensas. Pero no es justo con tu padre. No fue tu padre. Fui yo.

—¿Qué? —preguntó.

—Fui yo la que cometió el estúpido error —confesé.

Abrió la boca e inspiró para hablar, pero luego se quedó mirándome sin decir nada, con las manos aferradas al volante.

No pude soportarlo. Me alejé.

Esta vez, cuando entramos en casa encontramos todo tal como lo habíamos dejado, cosa que me tomé como un indicio de que la gata se sentía más a gusto. No es que quisiera que se sintiera «demasiado» a gusto, claro. Bajó las escaleras tranquilamente y nos saludó con un discreto maullido, luego continuó andando hasta la cocina, donde oí que movía el pienso un instante después.

—¿Quieres que te enseñe cómo me queda el traje nuevo? —preguntó Max.

—Prefiero esperar hasta la boda —contesté.

Porque, en el fondo, su traje era lo último que tenía en la cabeza en ese momento. Estaba pensando en lo que le había dicho a Debbie. Experimentaba esa sensación de falta de aliento, como si acabase de hacer algo peligroso, y tuve que recuperar la compostura antes de hablar de nuevo.

—La verdad es que a estas alturas poco podemos hacer —le dije.

—En realidad, podríamos hacer una cosa.

Lo miré recelosa.

—Podrías acortarme las mangas un pelín.

—Ajá.

—Nada, muy poco, te lo prometo. Cuatro o cinco centímetros.

—¡Cuatro o cinco centímetros! En serio, Max...

Pero le alcancé la bolsa de Lerner Brothers y él la puso en el sillón, sacó la americana y se la enfundó. Tenía razón. Las mangas le llegaban hasta los nudillos.

—¿Por qué no te has probado otra talla? —le pregunté.

—No quería hacerle perder más tiempo a Debbie.

—Estupendo. A cambio, me harás perder más tiempo a mí.

—Sí, pero tú tienes de sobra —comentó.

En fin, no podía rebatírselo. Era triste reconocerlo, pero tenía todo el tiempo del mundo. Fui a buscar el costurero.

Mientras le recogía las mangas con alfileres —Max estaba delante de mí con los brazos extendidos y rígidos, como un niño obediente—, dijo:

—Estaba pensando que, cuando acabes, podría invitarte a comer fuera.

—No hace falta. Pero gracias igualmente.

—Podría llevarte a The Cultured Crab. ¿Qué te parece?

—Hay comida de sobra en casa —le dije.

—¿Por ejemplo?

—Por ejemplo esas tartaletas de pollo congeladas que están riquísimas, ahora que sé que comes pollo. Basta con meterlas en el microondas.

—¿No preferirías un plato de cangrejo?

—La verdad es que no tengo tanta hambre —respondí.

Le quité la chaqueta, con cuidado para no pincharlo con los alfileres, y empecé a hurgar en el costurero en busca de un hilo azul marino.

—Bueno, claro, normal que no tengas hambre —dijo al cabo de un instante—. No sé en qué estaría pensando. Para ti es un día un poco tenso.

—Sí, en cierto modo sí.

No pensaba admitir que sencillamente no quería ausentarme de casa por miedo a que Debbie llamara y no pudiera coger el teléfono.

Tal vez me llamara en cuanto llegase a su casa. Me llamaría al teléfono fijo, pues sabía que tengo por costumbre dejar el móvil en el bolso y no lo oigo, y me diría... ¿el qué? ¿Qué esperaba que me dijera?

Tendría que haberme quedado más tiempo junto a la ventanilla del coche después de confesar. Tendría que haber esperado a oír su reacción. Pero es que me daba pavor saber cómo podría ser esa reacción.

En cualquier caso, no iba a telefonear. Seguro que ya llevaba un buen rato en su casa. De haber querido llamar, había tenido tiempo de sobra.

Aun así, me senté en la silla que quedaba más cerca del teléfono fijo y me puse a enhebrar la aguja.

—Pues nos quedaremos aquí y comeremos algo rico —dijo Max—. ¡Apetitosas tartaletas de pollo! Ya las meto yo en el microondas.

—Gracias, Max —dije. Y hablaba en serio. Levanté la vista de la costura y repetí—: Muchas gracias.

Así que se fue a la cocina.

Corté el hilo después de rematar la primera manga y continué con la otra.

En paz con Max: como mínimo, podía consolarme con eso. Al menos había limpiado su nombre ante mi hija, aunque él no llegase a saberlo nunca.

Volví a verlo embutido en aquel traje fúnebre negro azabache, tan esperanzado e ingenuo —la clase de hombre que jamás en su vida haría daño a alguien a sabiendas—, y poco a poco me fui animando. Noté que mi respiración se calmaba. Cosí las diminutas puntadas de hilo azul marino y con cada puntada me sentí más tranquila.

Incluso cuando, después de comer, me preguntó si por casualidad sabía qué hacer si un poco de jugo de la tartaleta se pegaba sin querer a la base del microondas, me limité a encogerme de hombros y le dije que no se preocupara.

Mientras Max se echaba una siesta, planché las mangas recién cosidas. Luego le di un repaso a mi propio vestido, más que nada por mantenerme ocupada, y localicé un sobre de papel manila para las fotografías que había seleccionado. Por un momento me planteé correr a la sala del banquete para ordenar las fotos por anticipado, pero me pareció una bobada, porque solo tenía seis. En lugar de eso, me senté en el sofá de la sala de estar y acaricié un rato a la gata. Se dejó, más o menos. Se desperezó y dijo «mmmrrr», pero continuó durmiendo.

Me preguntaba si Sophie estaría aún en casa de Debbie, charlando con las chicas y comiendo sushi. No, a esas horas ya debía de haber vuelto a casa, tal vez estuviera vistiéndose para la boda. Sentía curiosidad por saber qué se pondría. Una parte de mí confiaba en que fuera una de esas suegras que intentan eclipsar a la novia, que se ponen algo más sofisticado aún que el traje de novia, incluso en un tono crudo o blanco roto. Pero sabía que era un pensamiento ridículo. Sophie tenía más sentido común. Era solo que estaba celosa porque me preocupaba que Debbie empezase a preferirla a ella.

Cuando Debbie era pequeña, mucho antes de que Max y yo nos divorciáramos, tenía por costumbre enamorarse de las familias de los demás. Volvía de casa de sus amigas diciendo que le encantaría que también nosotros viviéramos en el campo e imaginando grandes reuniones familiares y celebraciones navideñas. Ay, ¿por qué era hija única, eh?, nos preguntaba. Yo le explicaba que no podíamos permitirnos tener más hijos... no si quería ir a una de las mejores universidades.

—¿Lo ves? —me decía entonces—. Siempre intentas hacer las cosas como perfectas, cuando yo preferiría hacer las cosas regular y tener muchos hermanos.

—Sin el «como», «perfectas» sin más —le corregí.

No reconocí que me había enfrentado a ese tipo de quejas la mayor parte de mi vida. ¿Es que no podía contentarme nunca con algo que estuviera «bien» y ya? Me lo habían preguntado más de una vez.

A las tres y media subí las escaleras con nuestros dos atuendos doblados sobre el brazo. Me paré junto a la habitación de invitados, pensando que tal vez tuviera que despertar a Max, pero abrió la puerta de inmediato.

—Hola —dijo.

—Deberíamos irnos dentro de media hora —informé mientras le entregaba su traje—. Acuérdate de que tenemos que recoger a mi madre.

—Me acuerdo.

Fui a mi dormitorio y dejé el vestido extendido en la cama. Todavía estaba algo caliente de la plancha. Decidí que tal vez prescindiera de las medias. Al fin y al cabo, la falda me llegaba por la pantorrilla.

En el espejo del baño, me vi vieja. Nadie te advierte de antemano que algunos días tu piel estará surcada por mil arrugas y otros días, casi tersa y lisa. Ese día me veía arrugada. Mis ojos se habían convertido en extraños triángulos y tenía tantas arrugas en la frente que parecía una hoja pautada. Pero, por lo menos, el pelo me caía liso en vertical. Ya no quedaba rastro del experimento de la peluquería.

Me vestí sin volver a mirarme al espejo y bajé a la otra planta. Max llegó al cabo de un momento, luciendo el traje nuevo, la camisa y una corbata feísima azul Francia con relámpagos amarillos. Aunque seguía llevando calzado de sport: de lona negra con suela de caucho. Bueno, ahora eso no tenía remedio. Por lo menos él no se veía viejo.

Aunque ¿quién podía decirlo, debajo de la barba corta? Los hombres tenían todas las ventajas.

De momento aguantaba sin llover y la gente continuaba con sus típicos planes de sábado. Varios coches familiares nos adelantaron con sillas de playa apiladas en la baca y había rancheras aparcadas en doble fila para recoger hordas de niños cargados de bolsas de deporte. Empecé a preocuparme por si llegábamos tarde. Entonces, cuando nos acercamos al edificio en el que vivía mi madre, no la vimos por ninguna parte, aunque normalmente esperaba fuera.

—Precisamente hoy... —dije, y saqué el móvil para llamarla.

—¿Sí? —preguntó por fin en tono dubitativo, como si no tuviera identificador de llamadas.

—¿Dónde estás, mamá? —le pregunté—. Te estamos esperando aquí abajo.

—Bueno, ya podría estar allí si no me hubiera sonado el teléfono.

Miré a Max con cara de desespero.

—Estamos delante de tu puerta. Aparcados en una zona donde no se puede aparcar. —Colgué y guardé el móvil—. Dios mío, esta mujer se levanta antes del amanecer los siete días de la semana —le dije a Max—, ¿por qué elige justo hoy para remolonear?

—Venga, niña, afloja un poco con ella.

—¿Podrías dejar de llamarme «niña», por favor?

—Usted disculpe, señora.

Crucé los brazos delante del pecho y miré por el parabrisas. Max apagó el motor. Cuando oí a mi madre trajinando en la puerta de atrás ni siquiera volví la cabeza.

—¡Cuánto lo siento! —canturreó mientras entraba en el coche.

—No tenemos prisa —le aseguró Max.

—Habla por ti —le dije.

Encendió de nuevo el motor y se incorporó al tráfico, mientras yo me daba la vuelta desde el asiento para inspeccionar el conjunto de mi madre. Era la única mujer que conocía que todavía se ponía sombrero en las ocasiones especiales. El de ese día era de ala estrecha y ladeado, con un fruncido de gasa blanca a un lado que parecía un manojo de clínex.

—Supongo que habría podido llevarme alguna amiga —comentó—, pero resulta que desde hace un tiempo todas conducen fatal. Me daría mucha rabia morirme el día de la boda de mi única nieta.

—Tranquila, no se lo habríamos dicho hasta después de la ceremonia —dije con voz melosa.

Max soltó una risa explosiva, pero mi madre dijo muy fina:

—Seguramente habría sido lo más sensato. —Y se volvió a mirar a una chica que esperaba en la acera con lo que debía de ser el atuendo de la noche anterior: un vestido de tubo azul transparente con una raja por delante que le llegaba a la entrepierna—. Santo Dios —exclamó—. ¿Qué clase de ropa interior te pones con eso?

—Por cierto, esta mañana hemos visto un ratillo a Debbie —dijo Max—. Estaba muy serena y tranquila.

—Por supuesto —contestó mi madre—. Se parece a mí.

Me pregunté por qué había tantas personas irritantes en mi vida.

Ese día el aparcamiento de la iglesia estaba más lleno. Vi a Rose, la sobrina de Max, cruzando la zona asfaltada con su marido, y a tres chicas jóvenes con vestidos llamativos que no conocía, y luego a la antigua profesora de piano de Debbie. Max eligió una plaza cerca del descapotable de Dave y aparcó.

—¿Va a ser un bodorrio? —preguntó mi madre al salir del coche.

—En principio no —respondí—, pero creo que los padres de Kenneth han añadido unos cuantos invitados extra.

De hecho, habían intervenido en los preparativos mucho más de lo que era habitual para los padres del novio, porque iban a pagar la mayor parte de los gastos. Desde luego, Max y yo no habríamos podido costearlo. Nuestra intención era hacer algo modesto; incluso Debbie y Kenneth querían algo así. Pero, como suele decirse, una cosa llevó a la otra. El banquete, por ejemplo, se celebraría en un club del que eran socios los Bailey, así que eran ellos quienes lo pagaban. Ni siquiera quería saber cuánto iba a costarles.

Nos habían dicho que esperásemos con los invitados de la novia en una salita auxiliar junto a la entrada hasta que llegara el momento de sentarnos, pero antes tenía que poner en contacto a mi madre con uno de los amigos del novio. Resultó ser el acompañante que yo no conocía. El joven hizo una reverencia antes de ofrecerle el brazo para que se apoyara, y mi madre se marchó encantada con su fruncido de gasa saltando alegremente en el ala del sombrero.

En la salita encontramos a las tres damas de honor dando vueltas alrededor de Debbie, recolocándole el vestido de un modo que me resulto excesivo. Ya parecía una modelo de portada de revista. De hecho, casi me sentí cohibida al verla, y no solo por nuestra conversación más reciente. El vestido era de un esmeralda intenso que hacía destacar el dorado de su pelo, y también los zapatos eran color esmeralda: bailarinas planas, porque aborrecía los tacones. Les había dicho a sus damas de honor que podían ponerse lo que quisieran siempre que fuera de algún tono verde, y Bitsy había elegido un vestido en verde menta, mientras que Caroline llevaba uno de un tono más pálido salpicado de margaritas blancas, y Elizabeth otro con el escote redondo en verde oliva. (En mi opinión, el tono oliva no pegaba con los otros verdes, pero bueno, daba igual).

Max fue el primero en hablar.

—Ay, cielo mío —fue lo que dijo. Y noté que se le quebraba la voz, así que al instante decidí actuar manteniendo la compostura.

—Estás muy guapa, Deb. —El comentario no expresaba ni una décima parte de lo que de verdad opinaba sobre su aspecto.

—Gracias. ¿Os podéis creer que aún no han llegado las flores? Se las encargamos a Cindy Ross. ¿Os acordáis de Cindy? Dejó colgados los estudios en el primer año de carrera para montar una floristería y me empeñé en encargarle las flores para la boda y se suponía que tenía que traérmelas a casa en persona mientras nos preparábamos, pero no, no, qué va...

—No te preocupes —dijo Max—. Nadie se dará cuenta si faltan. ¡Y anda, Bitsy! ¡Ni un solo sarpullido! Eh... —añadió, para sí mismo—, ¿se puede decir así? Ay, no lo sé.

Lo decía para ser amable, porque en realidad sí tenía la piel un poco abultada.

—¡Pues tendríais que haberme visto cuando me he despertado! —respondió ella—. Mi madre ha dicho: «¡Bitsy Taylor! ¡No pensarás ir a una boda con esa pinta!».

Alguien me dio un golpecito en el hombro.

—Es la hora —me dijo Dave.

Yo quería pasar unos instantes más con Debbie. Quería decirle... no sé el qué. Pero cogí a Dave del brazo y salí de la habitación sin volver a mirarla, y Max salió justo detrás.

La iglesia estaba más llena incluso de lo que esperaba. Casi todos los invitados venían por parte del novio, por supuesto, pero por nuestra parte también había bastante gente. Mientras recorríamos el pasillo central me fijé en la tía Tess y en su hija Cheryl, y en la pareja de tenis de Debbie, y en dos amigas de Debbie de la época en la que compartíamos vehículo; supuse que las acompañaban sus maridos. Por delante de nosotros, a un lado del pasillo, vi una oscura silueta expectante que me sobresaltó, hasta que me di cuenta de que era Spofford Talbot, el antiguo compañero de instituto de Debbie: un crío (seguía pareciendo un crío) raro y torpe que intentaba ganarse la vida como fotógrafo freelance. Sophie había querido contratar a un equipo de fotógrafos profesionales, pero Debbie había insistido y ahí estaba el muchacho, haciendo lo posible por fundirse con los bancos de madera a la vez que hacía fotos con poca seguridad. Y mientras tanto, en el órgano sonaba algo genérico, como un murmullo que se perdía sin que nadie lo escuchara de verdad.

Dave me acompañó al primer banco y esperó a que me sentara junto a mi madre. Esta me dedicó una fabulosa sonrisa falsa y volvió a mirar hacia delante. Entonces Max se sentó a mi lado. No llegó a apoyar del todo la espalda en el respaldo del banco, como si se dispusiera a levantarse de un brinco en cualquier momento.

El órgano dejó de sonar un segundo antes de emitir un único acorde estruendoso y emprender una melodía más enérgica. No era la marcha nupcial, sino otra cosa; me costaba saber qué. Algo que casi recordaba a una trompeta.

El reverendo Gregory esperaba en el altar, vestido con un traje gris bastante entallado, y Kenneth y Jared estaban a su lado. A Kenneth lo vi igual que siempre, ni más tenso ni más nervioso. Llevaba un clavel blanco en el ojal, cosa que me sorprendió. Yo creía que la florista de la novia se encargaría también de las flores del novio, pero saltaba a la vista que no.

No sé por qué estaba pensando en las flores cuando debería haber estado pendiente del cortejo nupcial y la entrada de la novia. En lugar de eso, miraba hacia delante con tozudez y me perdí la llegada de todos: primero Bitsy con su acompañante anónimo, luego Caroline con Dave, luego Elizabeth por su cuenta con... ¡Ay! Con un ramo en las manos. Algo blanco y con lazos. Y las otras también llevaban flores, me fijé a posteriori, igual que Debbie, como constaté cuando por fin apareció. Su amiga la florista debía de haber llegado en el ultimísimo momento.

Debbie era la única que andaba con normalidad, sin marcar de ningún modo el ritmo de la música con los pasos. Y tenía una expresión tan serena que al final me convencí de que debía de saber lo que hacía. Llegó al altar; le dio el ramo a Elizabeth; se colocó junto a Kenneth. Él le sonreía de oreja a oreja, con toda la cara iluminada.

El órgano dejó de sonar. El reverendo Gregory dirigió la mirada a la congregación desde el púlpito.

—Queridos hermanos —empezó.

Mantuve los ojos muy abiertos e intenté pensar en cosas que no me hicieran llorar. Por ejemplo, me obligué a recordar lo irritante que había sido Debbie de adolescente. Siempre repetía como un loro esas ridículas frases que debía de haber aprendido de sus amigas. «Fijo, colega», decía en lugar de «Pienso lo mismo» cada vez que opinaba igual que alguien. ¡Ni siquiera sonaba natural! ¿De dónde había sacado eso? Recordar esa frase me fue muy bien. Empecé a rescatar unos cuantos ejemplos más.

—¿Quién bendice la unión de esta pareja? —preguntó de improviso el reverendo Gregory.

O, por lo menos, a mí me pareció que era de improviso. Max y yo nos levantamos a la vez. No sé cómo, Max ya me había dado la mano, y en ese momento me apretó los dedos y ambos dijimos «Nosotros» exactamente a la vez.

La ceremonia siguió avanzando. No recuerdo que Debbie y Kenneth dijeran lo de «Sí, quiero», pero debieron de decirlo, claro, porque lo siguiente que vi fue que se besaban. Entonces recordé otra de las expresiones de Debbie; en esa ocasión, de su primera infancia. Se había caído de un balancín en la guardería y se había hecho una brecha en la frente, y cuando le miré los puntos en el cuarto de baño más tarde me preguntó:

—¿Será *permente*?

—¿Si será qué?

—¿Se quedará para siempre?

—¡Ah! ¿Te refieres a si será permanente? —le pregunté.

—¿Se me quitará o no?

Pero esa expresión, claro, no me había molestado en absoluto. La palabra me había parecido graciosa, nada más.

—Quedarás como nueva, ya verás —le dije.

Y así fue.

Kenneth retrocedió un paso y sonrió a Debbie muy digno, y luego le tendió el brazo para que ella pasara la mano y emprender juntos el camino de vuelta por el pasillo y salir de la iglesia. La organista empezó a tocar la «Marcha nupcial» de Mendelssohn —por fin siguió la lista de canciones seleccionadas del reverendo Gregory—, una melodía que resultaba idónea, porque ¿qué podía sonar más jubiloso? Mientras salían, los recién casados prácticamente iban brincando al compás de la música.

A continuación, los invitados pasaron un buen rato yendo y viniendo de un grupo a otro. Como es natural, tenían que saludar a las personas que conocían y presentar a esas personas a otras, y luego hablar entre sí. Los padres de Kenneth se acercaron a nosotros para decirnos que Debbie estaba preciosa (huelga decir que Sophie llevaba el vestido perfecto para la madre del novio), y yo les dije que Kenneth iba muy guapo. Y luego hablamos un momento con la sobrina de Max y felicitamos al reverendo Gregory por la ceremonia, y saludamos a Spofford Talbot, aunque estaba tan ocupado trajinando con la cámara que no pudimos mantener una conversación en condiciones. Fuera, en la puerta, un grupito de gente se iba arremolinando alrededor de los recién casados, pero, si soy sincera, no era mi estampa ideal, y tampoco la de Max, así que al final nos miramos a la cara y le dije:

—Bueno, ¿qué? ¿Desfilamos hacia el banquete?

—Si no te parece que es muy pronto... —dijo Max, mirando de reojo a los demás.

—Alguien tiene que ser el primero —contesté—. Además, le prometí a Sophie que colocaría las fotos.

Nos desviamos para recoger a mi madre, que estaba hablando con unos parientes, pero dijo que iría con la tía Tess. (Al parecer, ya no le daba tanto miedo morir ahora que Debbie se había casado). Así pues, Max y yo nos fuimos solos, sin hablar.

Fue una bendición no tener que hablar. Aunque una vez montados en el coche y con las ventanillas bajadas, Max dijo: «Pues nada», y soltó un largo suspiro. Luego permaneció sentado un momento con las manos en la base del volante antes de encender el motor.

El Clarion Club estaba bastante céntrico, en una zona que yo seguía considerando nueva: una colección de hoteles de lujo, restaurantes sofisticados y bulevares junto al mar donde las parejas glamurosas paseaban con su ropa de ir a navegar. Para llegar al club, tuvimos que dejar el coche en un parking subterráneo y coger un ascensor inquietante, silencioso y tan grande como una habitación, hasta la azotea de un edificio muy alto. Allí nos encontramos rodeados de ventanales gigantescos de cristal que daban a un puerto tan lejano y de una perfección tan propia de postal que una persona tuvo que preguntar:

—Eso es... ¿Qué ciudad habéis dicho que era?

Yo había estado allí una vez, en una cena benéfica para el Ashton School, así que no me quedé tan maravillada como Max. Él se paró en seco en cuanto salió del ascensor mientras yo me dirigía al mostrador de enfrente.

—¿Madame? —preguntó el maître.

—Estaba buscando... —empecé a decir. Pero entonces vi el tablón de información que había junto a él—. Ah, muy bien.

A continuación, saqué el sobre de fotos del bolso. Vi que Sophie ya había colgado las suyas. Estaban colocadas por todo el tablón con mucho espacio entre unas y otras: un bebé riendo en un cochecito, un niño de dos o tres años montado en una moto de plástico, un escolar con el uniforme de los scouts...

En la parte inferior, apartada del resto y justo en el centro había una foto de 20 × 30 centímetros de Debbie y Kenneth juntos, por fin: adultos y cogidos del brazo y vestidos para alguna ocasión formal; Debbie con un vestido de fiesta hasta los pies y Kenneth con esmoquin.

Saqué mis fotos del sobre y empecé a clavarlas con chinchetas tal como me había indicado Sophie: la foto de bebé de Debbie en el hueco que había junto a la foto de bebé de Kenneth, su foto de dos años en el hueco que había junto a la foto de Kenneth con dos años, y así sucesivamente. Pero si me hubieran encargado a mí el proyecto, habría preparado todo un bloque con las fotos de Debbie y al lado un bloque con las de Kenneth (o primero las fotos de Kenneth y luego las de Debbie, daba igual), encima de la foto de los dos juntos. Porque ¿acaso no funciona así con la mayoría de las parejas? No empiezas con alguien a tu lado; empiezas la vida en solitario. Por norma general, vives la primera infancia, la niñez y la adolescencia por tu cuenta antes de conocer a la persona elegida.

Al terminar, di un paso atrás para ver cómo quedaba el conjunto.

—¿Qué te parece? —le pregunté a Max.

Estaba de pie, pegado a mi codo, con la cabeza inclinada.

—Me encantan los zapatos —fue su respuesta.

Se refería a los zapatos que llevaba Debbie el día que empezó el colegio: unos oxford con cordones tan nuevos, tan gigantescos y de un blanco tan despampanante que nuestra hija había sido incapaz de despegar la mirada de ellos. Lo único que veía el observador era la coronilla de la cabeza inclinada.

Seguimos mirando la foto un rato más, como si no hubiera una estampa más fascinante que esa parte central, la raya ligerísimamente torcida que separaba las dos coletas de Debbie, un detalle tan tierno.

Sin contar a los empleados —el maître, el camarero de la barra y el dj que trasteaba con su equipo—, Max y yo éramos las únicas personas que había; así pues, tuvimos oportunidad de pasearnos por el local para ver qué podíamos mangar, como dijo Max en broma. Las mesas, rectangulares, estaban cubiertas por gruesos manteles blancos, platos de porcelana con el filo dorado y copas altas de cristal. Las dos que presidían la estancia tenían cartelitos con el nombre de cada comensal, aunque daba la impresión de que en las demás los invitados podían sentarse donde quisieran. Por desgracia, dudaba que tuviera la suerte de poder sentarme en una de las que no estaban organizadas. A Max y a mí nos habían asignado la Mesa Dos, junto con los padres de Kenneth y las dos abuelas que todavía vivían, el reverendo Gregory y su esposa. En la Mesa Uno estarían los recién casados con sus damas de honor y amigos íntimos, y —supuse, claro— las parejas o acompañantes de estos. Me pregunté si Elizabeth habría ido con alguien, pero era imposible saberlo por los cartelitos.

Tras recorrer todo el salón, volvimos a la zona más próxima al ascensor, donde empezaban a reunirse los invitados. Un hombre con un traje informal azul cielo se estaba presentando a una mujer con una melena canosa, y una pareja con cara de tener mil años hablaba con otra igual de anciana, y Spofford Talbot intentaba hacer algo con la cámara.

—¿Has sacado alguna buena, Spofford? —le pregunté, porque por lo menos me sabía su nombre.

Pero el comentario le puso tan nervioso que solo dijo «Eeeh...» y se olvidó de responder, así que me dio pena y dejé de hablar con él.

—Parece que me han puesto en vuestra mesa, con los viejos —comentó alguien a mi espalda.

Cuando me di la vuelta me topé con Jared. Llevaba en la mano dos tarjetitas con nombres, como si fueran billetes de lotería premiados.

—¿La Mesa Uno tiene límite de edad? —pregunté.

—No, pero el novio se niega a sentarse en la misma mesa que su hermana —dijo Jared—. Al parecer, la rivalidad fraterna no hace concesiones en las bodas.

Qué interesante.

—¿Y eso te incluye también a ti... esa rivalidad?

—No exactamente —respondió Jared—, pero como soy padrino del novio, supongo que tendré que sentarme donde se siente la madrina.

Y se dirigió a la Mesa Dos con los cartelitos.

Busqué a Max con la mirada, con la intención de contarle este nuevo detalle, pero estaba enfrascado en una conversación con Spofford. Al parecer, había tenido más éxito que yo.

Durante todo ese rato sonaba música de fondo. En general, canciones antiguas: Joni Mitchell y Judy Collins y tal. Sin embargo, en un momento dado la música paró de golpe y, de forma casi instintiva, la gente supo que tenía que mirar hacia el ascensor. Debbie y Kenneth salían en ese instante, cogidos de la mano, al mismo tiempo que Anne Murray se ponía a cantar «Could I Have This Dance?». Entonces Kenneth cogió en brazos a Debbie y la hizo dar vueltas. Ambos tenían una expresión sombría —el ceño casi fruncido— porque, como ya sabía, a ninguno de los dos se le daba bien bailar. Pero hicieron lo que pudieron, y poco a poco se fueron soltando y Debbie incluso se inclinó levemente hacia atrás para sonreír mirando a Kenneth a los ojos.

«Could I have this dance, for the rest of my life?» («¿Me concedes este baile durante el resto de mi vida?»). Qué pregunta tan catastrófica, si uno se paraba a pensarlo. Me maravillaba que aún quedase alguien sobre la faz de la tierra con valor para casarse.

Pero a nadie más parecía extrañarle. Los invitados formaron un círculo alrededor de la pareja y, cuando terminó el baile, aplaudieron. Luego, tras una pausa brevísima, empezó a sonar «Lean on Me» («Confía en mí»), y Debbie se dio la vuelta en busca de Max y le tendió la mano. El pobre Max pensó: «Tierra, trágame», porque aborrecía bailar, pero tragó saliva, cuadró los hombros y, con valentía, colocó la palma sobre la cadera de su hija.

Supuse que había sido Debbie quien había elegido la canción. Por supuesto que sí. Y me pareció adecuada. (Max y ella siempre habían tenido un vínculo especial. Bastaba con ver cómo contemplaba a su padre ahora para darse cuenta). Al cabo de unos compases, Kenneth se unió a la pista con su madre, y me entró pánico de repente al pensar que tal vez me tocara bailar con el padre del novio. Pero no, cuando acabó la canción, Debbie se apartó de Max para gritar: «¡Vamos, chicos!», y empezó a sonar otra canción —«Today», de los New Christy Minstrels— y Kenneth recuperó a Debbie mientras una docena de parejas jóvenes se unían al baile. (Me dio la impresión de que el padre de Kenneth se sentía tan aliviado como yo). Cuando Max volvió a mi lado, le dije:

—¿Tomamos algo?

—¡Sí! —me contestó como si llevara días en el desierto.

La barra ya estaba repleta de otras personas con aversión al baile, así que esperé con mi madre y mi prima Cheryl mientras Max se abría paso hasta la primera línea. Cheryl quería saber cómo se habían conocido Debbie y Kenneth.

—Estudiaron Derecho juntos —le conté—. Aunque no fue amor a primera vista ni nada por el estilo. Más bien una amistad que se fue afianzando, al menos por parte de Debbie.

—Ah, pero por parte de Kenneth, en cambio... —insinuó Cheryl con un atisbo de sonrisa.

—Por parte de Kenneth, no lo sé —respondí.

—¡Claro que para él fue amor a primera vista! —dijo mi madre—. ¿Nuestra Debbie? ¿Nuestra fabulosa Debbie? ¿Quién podría resistirse a ella? Basta con verle la cara mientras bailan para saber que está totalmente obnubilado.

—Eso es por la concentración —dije.

—¿Cómo?

—Se concentra para no confundirse con los pasos de baile.

—De verdad, Gail —dijo mi madre, y soltó un bufido, como si no quisiera oírme. Luego le dijo a Cheryl—: ¿Qué le vamos a hacer? Gail no tiene ni un pelo de romántica. ¡Ni siquiera es capaz de admitir que un joven pueda enamorarse perdidamente de su propia y queridísima hija!

—Qué quieres que te diga —contesté.

Porque una de las frustraciones de la vida es que, en ocasiones, es mejor no decir nada.

Cuando por fin anunciaron la cena, vi en las tarjetitas de nuestra mesa que Jared se había hecho sitio a mi izquierda y había puesto a Elizabeth a la derecha de su padre. Se notaba que quien había añadido los dos servicios nuevos a la mesa era un amateur, porque los cubiertos estaban algo torcidos y los platitos para el pan en el lado equivocado. Mientras me fijaba en eso, Jared se acercó a mí y apartó la silla para que me sentara.

—Se me ha ocurrido que a lo mejor te apetecía tener compañía extra —dijo en voz baja una vez que estuve sentada—. Es raro que te sienten con un esposo con el que ya no tienes relación, ¿no te parece?

—Bueno, pero... —empecé a decir.

Lo que quería responder era que Max y yo no habíamos perdido la relación, no exactamente, después de tanto tiempo. Aunque al final no lo dije. No servía de nada entrar en detalles. Y además, a esas alturas Max ya había ocupado su sitio a mi derecha y se estaba presentando a la mujer del pastor, que estaba sentada a su otro lado.

—¿Qué tal? —me dijo la mujer—. Soy Marie-Louise.

Tenía un acento muy marcado de no sé dónde, y ese tono de voz fuerte con que se presentan a veces los extranjeros. Pero era increíblemente atractiva: una mujer estilosa de cuarenta y muchos, con el pelo moreno y más largo por delante que por detrás.

—Usted asistirá a menudo a eventos de este tipo, ¿no? —le preguntó Max.

—En realidad no —contestó ella—. Pero tenemos una amistad muy especial con los Bailey, y apoyan mucho nuestra iglesia.

Me contuve para no decirle que lo de la «amistad especial» ya casi no se usaba.

Los camareros retiraron los platos vacíos y los sustituyeron por otros llenos. Yo tomé el salmón, y resultó que Max había elegido la costilla de ternera. (No dije ni mu). Con el cambio de asientos, Jared y Elizabeth crearon cierta confusión sin querer, hasta que redirigieron hacia nuestra mesa los segundos que habían pedido: costilla para los dos. Me intrigaba cuál habría sido la reacción de Elizabeth al verse desterrada de la mesa de los novios, pero saltaba a la vista que se lo había tomado con deportividad. Justo en ese momento ponía cara de irritación ante el comentario de su madre sobre el centro de mesa. («Raquítico», fue el veredicto de Sophie).

—¿Todavía das clase? —me preguntó Jared casi al oído.

Cambié el rumbo de mis pensamientos.

—No exactamente. Soy ayudante de la directora del Ashton School.

—Ah —dijo, y me escudriñó con la mirada—. ¿Y eres feliz con la vida que has elegido, Gail?

—¿Qué si soy...? Pues claro que soy feliz. —Luego cambié de tema—: Me preguntaba cómo es que eras el padrino de Kenneth. Me suena que es el padre el que hace normalmente de padrino, no el tío.

—Ah, Kenneth siempre me ha admirado mucho —dijo Jared—. De hecho, me lo llevé a hacer senderismo por Europa el año que terminó el instituto y desde entonces somos uña y carne, nos llevamos bastante mejor de lo que se ha llevado nunca con su padre, si te soy sincero...

Y se arrancó a contarme que era experto en caminatas y excursiones, a diferencia del padre de Kenneth, que era un tipo más bien sedentario; aun siendo tan joven, a Kenneth le costó seguirle el ritmo cuando subieron al monte de...

Pero entonces Sophie bajó la tarjeta que estaba observando y lo miró a la cara.

—Concéntrate, Jared, por favor —le dijo—. Ahora te toca hacer un brindis por Debbie.

—¿A mí? —preguntó.

—«El padrino propone un brindis por la novia» —leyó de la tarjeta—. Justo después de que sirvan la tarta. Te levantas y haces el brindis.

—Entendido —contestó él.

—Puedo darte un par de ideas si no sabes qué...

—Ya sé qué decir, Sophie.

—Y luego la dama de honor propone un brindis por el novio —le dijo a Elizabeth—. Esa eres tú, cariño.

Elizabeth estaba debatiendo sobre un problema de transporte con su abuela, pero su respuesta fue instantánea.

—No. —Ni siquiera volvió la cabeza. Siguió diciéndole a su abuela—: Puedo llevar también a la tía Bee si queréis.

—¿A qué te refieres con «No»? —preguntó Sophie.

Entonces Elizabeth sí volvió la cabeza.

—¿Por qué iba a brindar por alguien que ni siquiera tiene ganas de que me siente a su mesa?

—¡Es tu hermano! —exclamó Sophie—. ¡Me da igual si estáis en medio de una riña absurda!

Fue nada menos que Max quien arregló la situación.

—¿Quién va luego? —le preguntó a Sophie.

—¿Disculpa?

—¿A quién le toca hacer el siguiente brindis después de la madrina de boda?

—Eh... pues al anfitrión —dijo Sophie.

—¿El anfitrión?

—«El anfitrión del banquete, es decir, el padre de la novia y/o quien ha financiado el banquete» —leyó de la tarjeta de protocolo.

—Muy bien, pues saltemos directamente al anfitrión —le dijo Max—. O sea a mí.

También podía referirse a Rupert, pero Sophie tuvo la gentileza de no mencionarlo. Miró a Elizabeth con el ceño fruncido y dijo:

—Bueno, supongo que no quedará más remedio. Así que, primero brindas por Debbie y Kenneth, Max, y luego agradeces la asistencia a todos los invitados.

—Dalo por hecho —dijo Max, y cogió el tenedor.

Sophie no pudo resistirse a mirar de nuevo a Elizabeth, pero esta seguía absorta en el relato de cómo su abuela había destrozado el Oldsmobile. O al menos parecía absorta, aunque mantenía la postura alerta de quien está escuchando otra conversación.

Mi salmón estaba como la suela de un zapato, lo cual no me sorprendió. Sin embargo, todo el mundo dijo que la costilla de ternera era excelente. La conversación se había animado. La abuela amplió el relato del accidente de coche para que lo oyera toda la mesa, y Rupert se unió contando un accidente que había tenido él un par de años antes. Fiel a su esencia, insistió en dar hasta el ultimísimo detalle.

—Fue justo en Navidad. O no, perdón, miento, debió de ser en Año Nuevo. Me acuerdo muy bien porque...

Por una vez, no sentí la menor impaciencia. Me alegraba que nadie contara con que yo llenase las ondas hertzianas.

Pero entonces...

—Reconozco —dijo Jared, de nuevo pegado a mi oído— que me sorprendí muchísimo cuando empezaste a salir con Max Baines.

Me volví hacia él.

—Eh...

—Por lo general, la gente comenta esas cosas a la persona con la que está saliendo, pero yo tuve que sacar mis propias conclusiones cuando te vi por ahí con él.

—¡A ver, era un amigo! —respondí.

Jared se apartó y me miró con mucha intención, como si hubiera confirmado su argumento.

En fin. Me concentré en los demás de nuevo. La gente estaba comiendo ensalada; habíamos terminado el plato principal. Lo de tomar ensalada al final de la comida siempre me había sonado a costumbre extranjera. Tal vez fuera la influencia de Marie-Louise, si es que los Bailey y ella eran tan íntimos.

De hecho, el tema de conversación en ese momento era al parecer un malentendido cultural. Marie-Louise, que acababa de rechazar el ofrecimiento de un segundo panecillo, preguntó, sin que viniera a cuento, si los estadounidenses usaban la palabra «saciado» en público. Todos nos quedamos perplejos, pero Max dijo:

—A ver, recuerdo que a mi tía abuela no le gustaba que usáramos esa palabra. Era baptista practicante y decía que, según la Biblia, el único que nos sacia es Dios. No se podía emplear a la ligera...

—Ah —dijo Marie-Louise—. Gracias por aclarármelo. De pequeños, nos advertían que, después de una comida abundante, no debíamos decir nunca que estábamos «saciados».

Los demás se quedaron callados un instante, sin saber qué decir. Entonces mi madre preguntó:

—¿Te refieres a saciados de comida?

—Sí.

Un «¡Ah!» de curiosidad recorrió la mesa. ¿Y por qué no podrían decirlo?

—En mi país —dijo Marie-Louise—, la palabra tiene una connotación sexual.

—¿Una...? —dijo Max.

—Sí, se usa también cuando alguien ha quedado satisfecho con el sexo, ya me entendéis.

—Vale —dijo Max—. Entonces, para centrar un poco el tema...

—¡O mejor lo dejamos correr! —dijo el reverendo Gregory con tono de voz alegre.

—Sí, claro, dejémoslo —dijo Marie-Louise a toda prisa, y todos volvimos a ocuparnos de la ensalada que teníamos delante.

Después de la ensalada llegó por fin la tarta nupcial. Siete pisos decorados con rosas de azúcar, que trajeron dos camareros muy concentrados en un carrito con ruedas. Todo el mundo alabó la imponente torre con «Ooooh» y «Aaaah» y Sophie dijo muy seria:

—¡Confío en que hayáis dejado hueco para la tarta!

Max me dijo en voz baja:

—Confío en que no estés del todo...

Le di un puntapié por debajo de la mesa y luego los dos nos sentamos más erguidos y miramos hacia delante.

Hubo cierta confusión con los brindis. Primero, por atinar con el momento adecuado. Sophie había dicho que había que brindar justo después de que sirvieran la tarta, pero ¿cuánto después? ¿Justo antes de que la gente cogiera los tenedores de postre? Pero ¿cómo iban a saber los invitados que tenían que esperar? ¿O había querido decir mientras la gente comía? No, sería un despropósito estar brindando mientras los invitados rascaban los platos y hacían ruiditos al comer. Sin duda, tenía más sentido esperar a que hubieran terminado de comer.

La propia Sophie estaba valorando cuándo hacer los brindis, tras escuchar las opiniones de su suegra y de Rupert, pero fue Jared quien planteó el factor del ruido de los platos, y eso fue determinante. Nos pusimos manos a la obra e hincamos el diente a la tarta. (En algunas mesas ya habían empezado a comer). La tarta era de limón, y tenía ralladura de limón en el glaseado: mejor que la típica tarta nupcial. Y los camareros pasaron enseguida sirviendo café y té, y estábamos apurando las porciones y empezando a relajarnos y asentir con poco entusiasmo mientras Rupert se enfrascaba en una descripción de la tarta nupcial de su boda con Sophie, y de paso nos contaba que, como marcaba la tradición, se habían dado un pedacito el uno al otro en la boca, aunque no habían llegado a hacer la locura esa de estamparse la tarta en la cara... cuando Sophie dijo muy seria:

—Jared, ahora tu brindis, por favor.

—Sí, señora —respondió Jared.

Y apartó la silla, se incorporó y dio golpecitos con el cuchillo en la copa de champán. Mesa a mesa, la gente dejó de hablar, y Jared se volvió hacia la mesa presidencial, donde Kenneth y Debbie lo observaban expectantes.

—Me gustaría brindar por Deborah, nuestra preciosa novia. La única mujer que conozco capaz de hacer que Kenneth renuncie a su noche de póquer para ir a una conferencia sobre los derechos de los inmigrantes indocumentados.

Aquí y allá se oyeron risitas, y Debbie sonrió y dijo «Gracias» con los labios. Luego Jared continuó dándole la bienvenida a la familia e hizo una broma sobre que tendría que aprender a tolerar los chistes del padre de Rupert, después de lo cual levantó la copa, dio un sorbo y volvió a sentarse. Noté cómo Max empezaba a prepararse a mi lado, pero antes de que pudiera levantarse se oyó el chirrido repentino de las patas de una silla al otro lado de la mesa y Elizabeth se puso en pie, ya con la copa en alto.

—Y yo propongo un brindis por el novio —dijo—. Por ti, Kenneth, mi querido hermano... casi siempre. —Más risas entre dientes, todas en mesas distintas de la nuestra. (La nuestra estaba pendiente de posibles meteduras de pata)—. Hemos vivido buenos momentos juntos —le dijo Elizabeth a Kenneth—, incluidos varios en los que me salvaste el culo, desde luego, y deseo que vivas muchos más buenos momentos con tu querida Debbie.

Inclinó la copa hacia la pareja y luego dio un sorbo.

—Gracias, hermanita —dijo Kenneth. Y después añadió—: Lo digo en serio. Gracias.

Y creo que no me imagino nada cuando digo que los ojos se le habían empañado por las lágrimas.

Quienes estaban al tanto de las circunstancias, el padre de Elizabeth, su abuela, Jared... mostraron su aprobación con algún ruidito cuando Elizabeth se sentó de nuevo, y Sophie, satisfecha, dijo:

—Ha sido muy bonito, cariño. A continuación, las cosas parecieron detenerse un instante.

—¿Max? —dijo entonces Sophie.

—¿Eh? —fue la respuesta de Max.

—¿Tu brindis?

—Ah.

Esta vez sí logró ponerse en pie.

—La madre de Debbie y yo queremos daros las gracias a todos —dijo abarcando la sala entera—. Estamos encantados de que hayáis venido a celebrar este día con nosotros, y en este lugar que tan amablemente han proporcionado los Bailey. —Me alegré de que se le ocurriera mencionarlo—. En fin, lo más importante: confío en que os unáis a nosotros para desearles a Kenneth y Debbie el más feliz de los matrimonios.

Todos murmuramos en aquiescencia después de esa frase.

Ahí era donde terminaban los brindis según el programa de Sophie, pero había mucha gente que no lo sabía, así que varios invitados se incorporaron para proponer brindis de forma espontánea, en algunos casos pisando sin querer el turno de otros a quienes se les había ocurrido levantarse al mismo tiempo. Bitsy Taylor declaró que había sido la primera en darse cuenta, la misma noche en que Kenneth y Debbie se conocieron, de que estaban hechos el uno para el otro. Dave, el amigo del novio, comentó que la idea de «Quien cambia de apellido pero no de letra, cambia a peor y nunca está contenta» no se aplicaba en absoluto en el caso de Deborah Baines Bailey. (Dado que Debbie iba a mantener su apellido de soltera, el comentario me pareció del todo irrelevante). Incluso Spofford Talbot tenía algo que decir. Habló desde un rincón apartado del salón, donde se había retirado. Abrazado a la cámara, gritó con una voz sorprendentemente grave:

—¡Gracias a todos por posar!

(«¿Quién ha dicho eso?», se preguntaron en voz alta varias personas).

Entonces Sophie consultó su tarjeta por última vez y dijo:

—¡Hora de tirar el ramo!

Y en ese momento Cyndi Lauper se arrancó a cantar «Girls Just Want to Have Fun» mientras varias jóvenes —no solo las damas de honor de la mesa presidencial, sino también varias chicas de otras mesas— se levantaban y formaban un corro alrededor de Debbie en el centro del salón. La que cogió el ramo era una pelirroja menudita que se limitó a alargar el brazo y hacerse con él con suma naturalidad. De hecho, no se notó ni una pizca de urgencia ni nerviosismo en toda la escena.

—En mis tiempos —dijo mi madre—, las chicas saltaban unas encima de otras para intentar coger el ramo.

—Sí, bueno, eso era entonces —dijo Sophie suspirando.

Comprendí que todo el evento se había quedado corto en comparación con la idea que tenía ella de cómo debía ser una boda.

Aunque Rupert y ella habían hecho su parte con creces. Tuve que reconocerlo. Max y yo éramos poco más que espectadores. Así pues, más tarde, cuando nos dirigíamos a la salida, me acerqué y le dije:

—Gracias, Sophie. Yo no habría sabido ni por dónde empezar a organizar todo esto.

—¡Por favor, no tienes por qué darme las gracias! —respondió. Me dio la impresión de que le había sorprendido que tuviera la delicadeza de decirle algo—. Creo que ha ido bien... Y ahora que lo pienso, comprendo por qué pidieron rosas sencillas en la tarta en vez de las figuras de los novios. ¡Una muñequita con un vestido de satén blanco no habría pegado en absoluto con el atuendo de Debbie!

A veces, cuando averiguo lo que les pasa por la cabeza a otras personas me pregunto en serio si vivimos en planetas completamente distintos.

Como Jared, por ejemplo. Mientras el primer grupo de invitados que quería marcharse esperaba el ascensor —Max, mi madre y yo entre ellos—, Jared se me acercó.

—Bueno, Gail. ¿Te parece bien si te llamo?

—¿Llamarme para qué?

—He pensado que podríamos quedar algún día. Para ir a cenar, por ejemplo.

—Ah. No sé —le respondí—. La verdad es que no salgo mucho.

—Ya veo.

—Lo siento.

—¡No pasa nada! —Se volvió de repente hacia una mujer mayor que había cerca—. ¡Millie Decker! Pero ¿qué tal estás? —le preguntó casi gritando, y entonces se abrieron las puertas del ascensor y me subí, seguida de Max y mi madre. Jared, sin embargo, se quedó rezagado, aunque había sitio de sobra.

—Ya te lo dije —me comentó mi madre en voz baja.

Fingí no haberla oído. Y me esforcé en no mirar a Max.

—No creéis que ya no vayamos a ver más a Debbie, ¿verdad?

—¿Que no volvamos a verla nunca? —me preguntó mi madre.

—No, mamá. Por esta noche. ¿Volveremos a verla abajo?

—Pues lo dudo —dijo Max—. Me ha dado la impresión de que seguía de cháchara con algunas de las chicas que se acercaron a recoger el ramo.

—Maldita sea. Quería despedirme de ella —dije.

—Pues llámala mañana. Recuerda que no se marchan hasta después de comer.

—¡No puedo llamar el día después de la boda!

—¿Por qué no?

—¡Sería entrometerme!

El ascensor paró con tanta delicadeza que tuve que mirar el panel con los números de los pisos para asegurarme de que habíamos llegado.

—¿Adónde van a ir de viaje? —preguntó mi madre al salir del ascensor.

—A las Bermudas. Su vuelo sale a las dos o así.

—Bueno, tiene razón ella —le dijo mi madre a Max—. Aunque pasen la mañana en la ciudad, no conviene interrumpir su intimidad.

—Vosotras veréis —dijo Max encogiéndose de hombros.

Nuestro grupo se desperdigó por el parking en penumbra. No tenía ni idea de dónde estaba el coche; era como si hubiésemos aparcado hacía días. Pero Max se dirigió al vehículo sin vacilar y mi madre y yo lo seguimos.

Una vez sentados dentro, le dije a Max:

—Creí que saldríamos del club todos juntos y entonces podría despedirme de ella.

—Supongo que yo pensaba lo mismo —comentó. Sacó el resguardo del aparcamiento de la visera para el sol mientras avanzaba despacio hacia la salida detrás de un haz de faros traseros—. Y también de Kenneth, por supuesto —añadió.

—¿De Kenneth?

—Le habría dicho a Kenneth... —Bajó la ventanilla para introducir el ticket en la ranura—. Le habría dicho, no sé, que cuidara mucho de nuestra hija, supongo. —Se quedó callado un instante. Entonces dijo—: ¿Te acuerdas después de nuestra boda?

—Nosotros no celebramos...

—¿Recuerdas que después fuimos a casa de tus padres para contárselo? ¿A que tú sí te acuerdas, Joyce? Pues tu padre me llevó aparte y me dijo que, cada vez que hicieras algo que me desconcertara por completo, fuera a verlo, que él me lo explicaría.

Desde el asiento de atrás, mi madre resopló.

—Me gustaría saber qué te habría dicho —le comentó a Max.

Pero a mí no me hizo falta pensarlo.

—Habría dicho: «Bueno, siempre ha sido complicada».

Max se echó a reír. Sin embargo, mi madre se quedó callada.

—¡Ay, Dios mío! —dijo suspirando al cabo de un momento—. ¡Le habría encantado ver cómo se casaba su nieta!

Después, los tres nos quedamos en silencio.

Salimos del garaje subterráneo en mitad del crepúsculo, las calles desprendían un brillo grisáceo, aunque no llovía del todo. Pasaron otros coches con un leve siseo, entre ellos un sedán largo y estrecho de color plateado que pensé que podía ser el del reverendo Gregory y su esposa, aunque no podía estar segura.

Cuando paramos delante del edificio en el que vivía mi madre, esta dijo:

—Gracias por acercarme, Max.

—De nada —respondió él.

Entonces se volvió hacia mí.

—Bueno, ahora no te pongas triste ni nada de eso, ¿eh?

—Tranquila, estoy bien —contesté.

—Ha sido una boda preciosa, de verdad —comentó—. Y deberías estar muy orgullosa de ella.

—Claro que estoy orgullosa de ella.

Pero sobre todo me sentía agotada. En cuanto nos quedamos solos me desplomé en el asiento, y es posible que Max se sintiera parecido. En cualquier caso, ninguno de los dos dijo ni una palabra durante el resto del trayecto a casa.

La gata estaba pegada a la puerta, esperándonos como una madre que ha puesto un toque de queda. Se puso a maullar enfadada en cuanto cruzamos el umbral y después se dio la vuelta y se marchó muy digna hacia la cocina. Daba a entender que solo le preocupaba que le diera de comer, pero yo conocía muy bien el verdadero motivo.

—A mí no me engañas —le dije—. Nos has echado de menos, ¿a que sí?

Aun con todo, la seguí. Todavía quedaba pienso en su plato, tal como imaginaba, pero ya que estaba en la cocina aproveché para decir:

—¿Max? ¿Te apetece una cerveza?

—Pues sí, la verdad —contestó.

Le llevé una, junto con una copa de vino para mí. Era cierto que me había quejado al enterarme de que pensaba alojarse en mi casa, pero, en parte, ahora era un alivio tener a alguien con quien comentar los pormenores de la boda. Me senté en el sofá y me quité los zapatos. Max ya se había desprendido de la americana y se había acomodado en la butaca reclinable, que había extendido al máximo. Dio un buen trago de cerveza y dijo:

—Ay, qué bien.

—Bueno, hemos sobrevivido —dije yo.

—Sí, eso parece.

Prestamos atención al crujido del pienso que la gata masticaba en la cocina.

—Me pregunto cuánto tendré que tratar a Sophie en los próximos años —comenté.

—Bueno, bueno, tampoco está tan mal.

—Para ti es fácil decirlo. Te largas en cuanto acabe la boda.

—Pero tú tienes la ventaja matrilineal —me dijo.

—¿La qué?

—Lo he oído esta mañana en la radio. La madre de la esposa suele tener derecho a más días durante las vacaciones familiares, y tiende a ver más a los nietos que la madre del marido.

—Pero dijiste que Kenneth esperaría en adelante que Debbie pasara las vacaciones con su familia.

—Eso fue antes de escuchar la radio —dijo Max.

—Ah.

Bebí un poco de vino.

—Dime una cosa, ¿te sorprendió tanto como a mí que Sophie no reaccionara cuando Elizabeth dijo «culo» en el brindis? —pregunté.

—Bueno, vive en el mundo moderno, ¿no? —contestó Max—. Dudo que fuera la primera vez que la oía. —Entonces sonrió—. Y me fijé en que tu madre también lo encajaba bastante bien.

—Sí, mamá también vive en el mundo moderno. Aunque no siempre lo parezca.

Incliné la cabeza y la apoyé en el respaldo del sofá.

—En realidad, me dejó bastante perpleja el brindis en sí —comenté—. Me refiero a que Elizabeth decidiera al fin hacerlo.

—Ah, ya —dijo Max—. Pero son una familia. Las familias superan esas cosas.

—No siempre.

La gata salió de la cocina con parsimonia. Oí sus pasos incluso antes de que saltara al sofá y se pusiera a mi lado.

—Durante un buen rato —dije mirando al techo— pensé que acabaría la boda sin que el novio y la dama de honor se dirigieran la palabra.

—Bueno, tampoco sería la primera vez —dijo Max.

—¿Y a ti no te pareció que Kenneth estaba a punto de llorar al final? —pregunté.

—Sí. Yo también pensé eso.

—Cosa que no significa en absoluto que no sea culpable, claro.

Oí un ruido brusco y levanté la cabeza. Max acababa de poner la butaca reclinable en posición vertical.

—Dale una oportunidad, Gail.

—¿Qué?

—Claro que es culpable.

Me lo quedé mirando.

—Lee entre líneas —añadió—. Es culpable, pero Debbie le ha perdonado y ahora ya es agua pasada.

—Entonces estás de acuerdo en que esa historia de la intoxicación alimentaria...

—Él se inventó esa historia y Debbie eligió creérsela. O no se la creyó, y entonces él se desmoronó, le confesó lo ocurrido y ella le perdonó. O..., y esto es lo que confío en que sucediera..., él se lo confesó de entrada y ella le perdonó en el instante, y luego entre los dos inventaron esa historia para tener una versión aceptable que contar. Sea como sea, no es asunto nuestro.

—Qué fácil parece tal como lo planteas —le dije.

—Es que es fácil. Y algo que sé a ciencia cierta es que Debbie se arrepiente en el alma de habérnoslo contado y confía en que no volvamos a sacar el tema nunca.

Reflexioné.

—Entonces —dije al fin—, soy la única que todavía guarda rencor a Kenneth, ¿no?

—Exacto —respondió—. ¿A que es irónico?

—¿Irónico? ¿Por qué?

Pero, de repente, a Max le entraron las prisas. Se incorporó, dio un trago rápido a la cerveza y dijo:

—Bueno, será mejor que me vaya a la cama.

Luego se dirigió a la cocina con la lata.

—Buenas noches —dijo antes de coger las escaleras.

—Buenas noches —contesté.

¿Irónico?

Supongo que lo decía porque yo no había perdonado a Kenneth aunque Debbie sí lo había hecho. Pero no era solo eso: era porque precisamente yo, de entre todas las personas posibles, no le había perdonado.

No tenía ni pizca de sueño, pero al final también me levanté y tiré el vino que me quedaba por el fregadero. Luego apagué todas las luces de la planta inferior y me fui a dormir.

Tres

El día después

El domingo por la mañana muy temprano, tanto que apenas había amanecido, me desperté no paulatinamente, sino de sopetón. Acababa de descubrir que estaba despierta —¡zas!— con el hocico frío y húmedo de un gato indagando en mi oreja izquierda.

Ay.

La gata.

Me puse boca arriba y la gata empezó a ronronear y se acomodó en su lugar predilecto, junto a mis costillas.

Ya pasó, pensé. La boda de Debbie ya pasó, gracias a Dios. Y es cierto que todo había salido bien.

Lo más probable era que mi hija siguiera dormida en ese primerísimo día de su matrimonio. No sentí la menor envidia. ¿Qué persona en su sano juicio querría volver a ser una recién casada? Había tanto a lo que todavía tendría que adaptarse... bueno, los dos, Kenneth y ella; me alegraba una barbaridad de haber dejado atrás esa etapa.

Muchos años atrás, Debbie había jurado que nunca se casaría. Estaba en quinto curso. Jamás de los jamases, dijo. Tendría que estar loca para casarse. Fue todo por mi culpa; lo supe incluso entonces. Me había enamorado de otro hombre y había destrozado nuestra familia para siempre.

Se llamaba Andrew Mason. Era el orientador del instituto Millwood High, donde yo daba clase de álgebra y refuerzo de matemáticas. Un hombre de estatura media y peso medio de cuarenta y muchos. Con el pelo corto y castaño, los ojos de un gris pálido, y una boca complicada que hacía que sus sonrisas parecieran algo tímidas, algo reticentes, por decirlo de algún modo. Siempre iba a trabajar con traje, pero lo llevaba de un modo informal, como si lo hiciera para cumplir un requisito, y se dejaba los botones superiores de la camisa desabrochados; nunca se ponía corbata.

Lo conocí en su primer día en Millwood, a principios del curso 2000-2001. Lo contrataron para sustituir a June Cannon, que se había jubilado la primavera anterior a la edad de (calculo) ciento cinco años. Mientras yo volvía de Bert's Beans, donde acababa de comprar el café para llevar con el que me gustaba empezar el día, se paró a mi lado con un Volkswagen escarabajo de color beige.

—Disculpe —gritó con la ventanilla bajada—. ¿Conoce bien la zona?

—Sí —contesté.

—¿Por casualidad sabe si hay un aparcamiento para adultos cerca del Millwood High?

—Un aparcamiento para adultos.

—Sí, el que hay detrás del instituto parece ser solo para estudiantes, y no encuentro ninguno para docentes.

—Ah —dije—. Seguro que han estado trasteando otra vez con el cartel. En teoría, pone «Parking NO para estudiantes», pero se pasan el día borrando el «NO». Puede dejar el coche ahí sin problemas.

—Gracias.

Y cada uno siguió su camino.

Ya entonces supuse que debía de ser el nuevo orientador. Por eso, no me sorprendió verlo en el vestíbulo principal aquella tarde, colgando una nota en el tablón de anuncios.

—Hey, hola —me dijo.

—Hola —contesté yo. Y lo saludé con la mano.

La nota —tal como vi cuando pasé por delante otra vez al cabo de un rato— anunciaba las horas concretas a las que los alumnos podían ir a hablar con él sin cita previa. Pensé que era señal de sentido común. El despacho de June Cannon siempre había sido un auténtico caos, por lo que yo había visto.

No volví a coincidir con él hasta un par de días más tarde. Me había acercado a la biblioteca para ver qué había en el estante de las novedades y me lo encontré haciendo lo mismo. Se volvió, levantó las cejas y sonrió.

—¿Me estás siguiendo? —dijo, ya con más confianza.

—Comprendo que te lo preguntes, pero has debido de ver a mi hermana gemela.

No tengo ni idea de qué me llevó a decirle eso. Bueno, sí tengo alguna idea: era la primera vez que veía esa sonrisa suya, esa sonrisa cohibida, con miedo a salir, y quería que se hiciera más ancha. Cosa que ocurrió, por cierto. Se convirtió en una sonrisa de oreja a oreja.

—Ay, me habré confundido —dijo.

Y entonces los dos movimos la barbilla, como si apuntáramos al otro para indicar que habíamos pillado la broma, y volví a mi aula.

Cuando acabaron las clases aquel viernes, pasó por casualidad por delante de mi despacho. Yo tenía un despacho diminuto para mí sola aparte del aula en la que daba clase (en realidad era poco más que un cubículo) donde podía reunirme con los alumnos de refuerzo uno por uno, y estaba recogiendo unos papeles para el fin de semana cuando se paró delante de la puerta.

—Tendría que haberme presentado antes —me dijo—. Soy Andrew Mason.

—Hola, Andrew. Yo soy Gail Baines.

—Sí, ya sé quién eres —dijo antes de cruzar el umbral para ver el despacho, tal como estaba. Detrás de mi escritorio había una estantería baja en la que había archivadores y media docena de fotos enmarcadas: Debbie en una piscina hinchable, Debbie y yo en el parque, Debbie, Max y yo celebrando el aniversario de bodas de mis padres. Andrew rodeó la mesa para mirarlas.

—No veo a tu hermana gemela —dijo entonces.

—Ah, está ahí —dije, y señalé la foto del parque—. Es esa de ahí.

—No, esa eres tú. Lo sé por la pequeña cicatriz blanca de la barbilla.

Se refería a una línea de poco más de un centímetro, no más ancha que un hilo, que discurría en vertical desde justo encima de mi mandíbula hasta justo debajo. (Una herida que me había hecho patinando de pequeña). Me sorprendió que la hubiera visto siquiera.

—En realidad, las dos la tenemos —dije—. Yo me la hice primero, y luego ella se hizo un corte en la barbilla para que siguiéramos siendo iguales.

—Ya, ya —dijo con ironía—. Una gemela copiona... —Cogió la foto del parque y la observó de cerca—. Qué poco original por su parte.

—No voy a decirte cuál es cuál en las otras fotos —comenté.

Y lo raro fue que, mientras me quedaba allí mirando las fotos yo también, de verdad sentí de repente que en ellas salían dos mujeres distintas.

Cosa que, ahora que lo pienso, se cumplió durante el tiempo en que estuvimos juntos. Dos mujeres completamente distintas: una que amaba a su marido igual que siempre, y otra que quería estirar un dedo y con mucha, muchísima delicadeza, alargar la sonrisa de ese hombre una pizca por las comisuras de los labios.

A partir de ahí, podríamos haber tomado cualquier rumbo. Andrew podría haberse convertido en un buen amigo que fuera a la orquesta sinfónica de vez en cuando con Max y conmigo, igual que Morrie Gray, del departamento de ciencias. Pero de algún modo, no sé... Para empezar, resulta que la mayoría de nuestros encuentros tenían lugar en privado. Andrew nunca comía en la cafetería, donde se reunían los profesores a charlar en grupo en una única mesa larga, porque el mediodía era una de las horas que tenía reservadas para que fueran a verlo los estudiantes. Tampoco iba al claustro del viernes por la mañana; no formaba parte de su trabajo. Por norma general, nos encontrábamos por casualidad en el aparcamiento o en el vestíbulo principal. Ambos aminorábamos el paso, y a veces yo le preguntaba qué tal se iba adaptando (muy bien, decía siempre), y otras él se dedicaba a añadir algún detalle nuevo a nuestro mito de las gemelas. Luego, poco a poco, tomó la costumbre de pasarse por mi despacho para pedirme consejo sobre cómo tratar con nuestra directora, que era una persona difícil, o para preguntar dónde podía llevar a su hermana cuando estuviera de visita. Incluso había veces en que se sentaba un momento junto a mi escritorio, en la silla que había enfrente, si la conversación se alargaba.

Estaba divorciado y no tenía hijos. El divorcio había sucedido unos años antes; su matrimonio había sido breve y —supuse— no había dejado demasiada huella. Su exmujer vivía en

Virginia con su marido actual y sus tres hijas. Me dijo que él nunca había querido hijos; era como si nunca se le hubiera despertado el instinto. Vivía en una casita en Pimlico, y con frecuencia mencionaba su jardín —qué color adoptaban los arbustos en otoño y qué pensaba plantar la primavera siguiente—, así que supuse que era de esas personas muy aficionadas a la jardinería. Algo que yo no era, desde luego que no, y Max tampoco.

Le hablé de él a Max, pero sin entrar en detalles. A lo mejor citaba alguna frase suya que me hubiese hecho gracia, pero luego pasaba a hablar del entrenador de baloncesto nuevo o del último pique entre los profes de lengua.

En aquella época, Max tenía que lidiar con sus propios problemas. Amenazaba con dejar el trabajo en St. Theresa porque se estaban volcando demasiado en la religión.

—Es una escuela religiosa, por el amor de Dios —le dije.

—Aun así, no deberían meterse con mi lista de lecturas obligatorias.

Y tal y tal. A lo que me refiero es a que Max no estaba del todo presente en aquellos días.

Pero reconozco que eso no es excusa.

Le conté en confianza a Andrew que el problema con Max era que no se tomaba las cosas en serio. No se tomaba ni a sí mismo en serio. Tenía cierta tendencia a abandonar los proyectos a medias, como si su vida fuese un experimento espontáneo.

—Creo que la mayor parte de la gente funciona así —me dijo Andrew—. Las personas ven adónde han llegado y dicen: «¡Ostras! ¡Conque así son las cosas!». Como si ellas no tuvieran nada que ver.

—Es cierto —dije—. Son tan... conformistas.

Andrew sonrió.

—Lo dices como si fuese un defecto.

—Bueno, a veces lo es.

El despacho de Andrew estaba en la primera planta. El mío también, pero mi aula estaba en la segunda. Cada vez que bajaba para hablar con algún estudiante en mi despacho, notaba su aguda consciencia, su intensa alerta en la nuca mientras pasaba por delante de la puerta cerrada de su despacho.

Cuando me figuraba que me liaba con él —¡no es que pensara hacerlo de verdad!, me decía: ¡ni se me ocurriría hacer algo así!—, imaginaba que sucedía en mi cubículo. Se pasaría por allí y empezaríamos a hablar y poco a poco nos quedaríamos callados; nos miraríamos el uno al otro, separados por el escritorio; sabríamos lo que estaba pensando el otro. O se acercaría a mí en el aparcamiento y me diría: «Gail, tenemos que hablar», y entonces me cogería de la mano y me acompañaría al coche. O yo estaría a punto de encender el motor cuando oiría unos golpecitos en la ventanilla.

Pero en realidad pasó en clase, en mi amplia, soleada y despejada aula, con su pared de ventanales inmensos y sus pupitres para treinta y dos estudiantes. Estaba comiendo allí mismo, porque tenía una pila de exámenes que corregir antes de que empezase el siguiente trimestre. Justo iba a meterme una cucharada de yogur en la boca cuando alcé la vista por casualidad y me fijé en que él estaba en la puerta. Allí de pie sin más, plantado en el umbral, mirándome. Es posible que llevase un rato.

—¿Cuánto tiempo podremos seguir así, Gail? —me preguntó.

Tuve que acabar de arrastrar la cucharilla de plástico del revés por toda la lengua antes de poder responderle. Luego tuve que tragar. Fue raro.

—No sé cuánto tiempo —respondí.

Lo que debería haber dicho era: «Podemos seguir así eternamente. Podemos continuar dejando las cosas en el aire, colgando de un hilo, porque ¿acaso no son perfectas tal como están?».

Pero no lo hice.

En mi vida anterior, la previa al matrimonio, mis escasas aventuras amorosas habían tenido lugar casi por casualidad. Un tipo con el que cogía confianza y luego aún más confianza, y luego, en el arrebato del momento, nos acostábamos juntos. Pero las cosas ya no eran así, claro. Ahora había que buscar el momento adecuado con antelación.

O al menos yo tenía que buscar el momento adecuado. No era el caso de Andrew. La vida de Andrew estaba despejada y en orden. La mía estaba abarrotada. Andrew trabajaba de ocho y media a tres, cinco días a la semana. Yo también trabajaba de ocho y media a tres, pero además tenía un marido y una hija de los que ocuparme. Trayectos en coche compartido, tardes de juego en casa de las amigas de mi hija, consultas con la pediatra... No quedaba mucho tiempo para citas románticas. De hecho, tuvimos que esperar tres días la primera vez antes de poder estar juntos por fin. Miércoles, jueves, viernes. El viernes, Debbie iba a quedarse a dormir en casa de una amiguita del cole. Era su primera noche fuera de casa y el viernes por la mañana no paró de atosigarme para asegurarse de que iría a rescatarla si le entraba morriña.

—Puedo llamarte si quiero, ¿verdad? —me preguntó—. O sea, aunque sea en mitad de la noche, puedo llamarte para que vayas a buscarme.

—Sí, claro —le dije, porque a esas alturas ya llevaría varias horas en casa. Al fin y al cabo, tenía que preparar la cena para Max—. Si hace falta, iré en pijama.

—Y si cuando me monte en el coche de la madre de Pam después del cole me arrepiento y ya no quiero ir, ¿puedo llamarte también? Dime que sí...

—Sí —dije, pero con menos convencimiento—. Aunque a esa hora tal vez sea más complicado localizarme. Tendrías que ir a casa de Pam con ella y yo te recogería un ratito más tarde.

Era Max quien llevaba a Debbie al colegio por las mañanas, porque sus escuelas empezaban más tarde que la mía. Pero incluso mientras salía de casa para ir a trabajar, Debbie se me colgó de la muñeca y me repitió:

—¿Me lo prometes? No me dirás que tengo que quedarme si te digo que no quiero, ¿verdad?

—Nunca haría algo así —le dije. Y hablaba en serio.

Pero el caso es que llevó muy bien todo el asunto. Tanto ella como yo nos habíamos preocupado en balde.

El plan era que, cuando acabaran mis clases, yo siguiera a Andrew hasta su casa con el coche. Lo seguí hasta dejar atrás el hipódromo de Pimlico y luego hacia el norte por una serie de calles estrechas del barrio, hasta que llegamos a una casita blanca con manchas amarillentas que bajaban desde los aleros y de todos los alféizares de las ventanas. En contraste, el jardín estaba muy cuidado. El césped como una alfombra de terciopelo verde impoluta, una hilera de macetas de distintos tamaños a lo largo de los escalones del porche, y un arce japonés enano delante, con hojas de un reluciente color magenta. Lo primero que dije al bajar del coche fue:

—¿Todo esto lo has hecho tú?

Así que, como es natural, hicimos un recorrido por el jardín, y Andrew me llevó también al patio trasero para enseñarme su huertito, con sus minicalabazas y sus calabacines, incluso a esas alturas del otoño. «Mmm, ya veo», decía yo sin parar. Y: «¡Por Dios! ¡Mira qué tamaño tienen esas!», pero por dentro me preguntaba si había elegido bien la ropa interior. Era negra y con mucho encaje: demasiado llamativa, pensé. Tendría que haberme puesto algo blanco y sencillo, como si no hubiera dedicado ni un segundo al asunto. («¿Y esos arbustos son lileros?», pregunté). En realidad, me dije, no era obligatorio que tuviéramos sexo en esa primerísima cita. De hecho, casi prefería que no. Lo rechazaría; le diría que no estaba preparada. Le propondría vernos de nuevo el martes, mientras Debbie practicaba gimnasia artística. Entonces no tendríamos tanto tiempo —tenía que recogerla a las cinco—, pero era viable. Y me pondría una braguita blanca, aunque también llevaría un sujetador precioso, el de las copas con forma de concha.

Entramos en la casa. (Limpia como la patena, pero con un mobiliario algo escaso. Su exmujer se había llevado los mejores muebles, según me dijo). En la cocina me entretuve un poco y me paré a pasar el dedo índice por los lomos de sus libros de recetas, pero no mucho rato, porque al momento se ofreció a preparar café.

—¡Me encantaría tomar un café! —respondí.

—¿Te va bien descafeinado? —preguntó.

—Descafeinado es perfecto.

—No puedo dormir si bebo café pasadas las diez de la mañana —comentó.

—¡Las diez! Vaya, eso es temprano. Yo tomo café con la comida muchas veces, pero no me arriesgaría más tarde del mediodía.

No sé por qué hablaba tan alto.

Llenó la cafetera de agua y añadió el café descafeinado con una cucharita medidora. Mientras tanto, encontré el azucarero en un armarito y lo dejé en el centro de la mesa. Mi plan era que nos tomáramos el café en la cocina. Las cocinas son más... verticales que las salas de estar.

Abrí la nevera para ver si había nata líquida (bastante bien provista; debía de cocinar), pero no la encontré y saqué la leche. Seguro que era de esas personas que opinan que la nata es poco saludable. Vertí la leche en una jarrita y la puse en la mesa, junto al azucarero. Mientras tanto, Andrew miraba cómo borboteaba la cafetera, observando con tanta intensidad que daba la impresión de que el aparato no habría podido funcionar sin que él lo mirase.

—¿Los cubiertos? —pregunté.

Él se volvió hacia la mesa y dijo:

—¡Ay!

Al principio pensé que le había sorprendido que no hubiera llevado las cosas a la sala de estar, pero lo que dijo a continuación fue:

—Siento que te hayas tomado tantas molestias. Resulta que tomo el café solo, sin nada.

—Pero yo no.

—Ah, vale.

—¿Dónde están las cucharillas? —insistí.

Señaló un cajón con la mano.

—¿Y las servilletas?

—Ahí, junto a la tostadora.

Las servilletas eran de lino blanco, estaban guardadas en una cesta de mimbre. Ajá, un tema de conversación.

—Estoy impresionada —le dije—. Ma da un poco de apuro, pero Max y yo solo usamos servilletas de papel.

Un poco torpe lo de mencionar a Max. Era la costumbre; solo eso.

—La verdad es que me gusta planchar —dijo Andrew.

—¡Te entiendo perfectamente! Me encanta planchar.

—¿En serio?

—Cuando planchas obtienes un efecto inmediato.

—Exacto. Las cosas empiezan arrugadas y retorcidas...

—Y luego, de repente, una suavidad perfecta.

—No me convencen las planchas de vapor —dijo Andrew.

—No, es mejor mojar a conciencia las prendas —comenté—. ¿Tienes un pulverizador de esos?

—¡Sí! ¡Sí que tengo un pulverizador! —dijo Andrew.

Nos sonreímos. La cafetera dejó de borbotear, pero él se limitó a quedarse allí sonriéndome. Así que me tocó a mí dar un paso al frente, por fin, y abrazarlo y apretar todo mi cuerpo contra el suyo y levantar la cara para que quedase a la altura de la suya.

A partir de ahí, él tomó la iniciativa. Se apartó de mí, me tomó de la mano y me llevó fuera de la cocina, luego a través del recibidor y después a las habitaciones de arriba.

Era difícil buscar sitios en los que quedar durante una jornada normal. Teníamos mi despachito, por supuesto, y el de Andrew, que era más grande; pero ambos estaban demasiado expuestos, incluso con las puertas cerradas. En realidad, no podíamos hacer nada... Mejor ir por separado en coche a la hora de comer a ese parquecillo para perros que había cerca, pero que parecía que nadie conocía, y arañar veinte minutos juntos. Y mejor aún, por supuesto, esperar a alguno de los días en que Debbie tenía gimnasia o iba a jugar con alguna amiga, cuando yo podía volver a su casa. Pero nunca lo llevé a mi propia casa, porque me habría parecido una traición.

Sí, lo sé: era una traición fuera donde fuese. Pero lo parecía aún más en la casa que compartía con Max.

—¿Gail? —me preguntó Andrew un día—. ¿Alguna vez has pensado en... que lo nuestro sea más serio?, ¿en separarte de Max en algún momento?

—Separarme —dije.

—No me refiero a ahora mismo. Sé que tendríamos que esperar el momento adecuado, con tu hija y todo eso.

¡Como si pudiera haber un momento adecuado para hacerle algo así a un hijo! Tendríamos que esperar hasta que Debbie tuviera cuarenta años.

Pero la respuesta a su pregunta (una respuesta que nunca llegué a pronunciar) era que sí, lo pensaba a menudo. Pensaba en despertarme con él todas las mañanas, irme a dormir con él todas las noches, entrelazar mi vida con esa rutina medida y pausada suya donde las plantas en sus tiestos bajaban los escalones en el orden adecuado y todo sucedía según un plan. Anhelaba algo así.

Fuimos una pareja durante noventa y seis días exactos. De mediados de septiembre a poco antes de Navidad. No llegó siquiera a catorce semanas.

El martes 19 de diciembre, Debbie tenía entrenamiento. Y yo estaba en casa de Andrew, con mi alarma interna puesta sobre las cinco menos cuarto para poder llegar al colegio a tiempo de recogerla a las cinco.

Alrededor de las cuatro, Debbie se dislocó el hombro haciendo un aterrizaje al bajar de las barras asimétricas. Llamaron a casa del colegio para localizarme y, como no contestó nadie, llamaron a Max al St. Theresa. (En aquella época, ninguno de los dos tenía móvil). Max pidió a alguien que le cubriera la hora de estudio de la tarde de la que se encargaba para poder ir a buscar a Debbie y llevarla a urgencias, que fue donde los encontré cuando fui directa desde el colegio de mi hija. Aún estaban en la sala de espera, porque era el hospital Sinaí, y allí las cosas siempre tardaban una eternidad. Debbie parecía más preocupada por su futura carrera de gimnasta que por el dolor que pudiera sentir, y Max había sufrido un par de dislocaciones en su vida, así que también se lo tomó con bastante filosofía. Yo era, con diferencia, la más disgustada.

—¡Lo siento! —les dije a los dos mientras corría hacia ellos—. ¡Lo siento mucho! Es que... ¡me fui a dar una vuelta al campo y no tenía ni idea de lo que había ocurrido!

Qué tonta, qué tonta. ¿Cuándo en mi vida me había ido sola a dar una vuelta por el campo, sin razón alguna? ¿Eh? Tendría que haber dicho que estaba haciendo recados; eso habría sido más creíble. Pero Max no sospechó nada. Lo único que dijo fue:

—No pasa nada. Ya le han echado un vistazo y dicen que el médico puede dejarla como nueva.

Me desplomé en la silla que había junto a Debbie y le di un abrazo, evitando tocarle el hombro. Me había quedado sin resuello y estaba temblando.

—¿Te encuentras bien? —le pregunté.

—Que sí, mamá, estoy bien.

—Me siento fatal —le dije a Max.

—¿Por qué? —me preguntó—. Cariño, no es nada; créeme.

—Ya lo sé, ya lo sé...

Entonces llamaron a Debbie y los tres nos levantamos y seguimos a una enfermera hacia la consulta.

Cuando por fin volvimos a casa —casi de noche y los tres muertos de hambre—, Debbie tuvo que llamar por teléfono a todas las amigas que se le pasaron por la cabeza para contarles los detalles escabrosos. Mientras tanto, yo calenté unos tacos congelados y Max preparó una ensalada. Para entonces él ya había dado por concluido todo el incidente. Me hablaba de un mitin para una protesta que estaba organizando con unos cuantos profesores más del St. Theresa. Y yo le decía: «Ajá, sí; claro, por supuesto que sí...». Pero por dentro se me partía el alma. No podía creer que hubiera estado revolcándome con alguien que era casi un desconocido mientras mi marido y mi hija iban a urgencias sin mí.

Inmediatamente después de cenar, mientras Max cargaba el lavavajillas, me escabullí al estudio donde teníamos el ordenador y le mandé un correo electrónico a Andrew. «No puedo verte más —escribí—. Lo siento». Ni siquiera me molesté en darle explicaciones; así de ansiosa estaba por dar por concluido todo el asunto. Luego cerré el ordenador rápido y volví a la cocina a tiempo de limpiar la mesa y apagar las luces.

Esa noche me quedé varias horas en vela. En aquella época vivíamos en Roland Park, pero no en la parte pija, y oía el tráfico de Cold Spring Lane y las carcajadas ocasionales de los estudiantes de Loyola que volvían a casa después de salir por los bares. A mi lado, Max dormía casi sin moverse. Puede que el accidente de Debbie le hubiera agotado más de lo que había dejado entrever. Y tampoco oí ni un murmullo desde la habitación de Debbie.

Me preguntaba si Andrew habría respondido ya a mi correo, o si en lugar de eso preferiría esperar hasta que pudiéramos hablarlo cara a cara. O quizá no llegáramos a hablarlo nunca.

Quizá aceptara mi decisión en silencio y se retirase con elegancia. En eso confiaba.

Podría haberme levantado y haber bajado a mirar el ordenador, pero ya no tenía fuerzas para lidiar con aquel asunto.

Al final, me quedé dormida y me desperté mucho más tarde de lo previsto. Max ya estaba levantado; oí a Debbie charlando con él en la cocina. Así que me aseé y me vestí a toda prisa y pasé por la cocina el tiempo justo de preguntarle a mi hija qué tal tenía el hombro (dolorido, me dijo) y de darles un beso en la mejilla a cada uno antes de marcharme corriendo y coger al vuelo la cazadora del armario de los abrigos.

—No olvides que esta tarde tengo el mitin —dijo Max cuando ya me iba.

—Ya me acordaba —dije también desde lejos, aunque no era cierto.

Desde hacía unas semanas había elegido mi ropa con mucho esmero, siempre con un ojo puesto en lo que podía parecerle a Andrew, pero esa mañana me puse lo mismo que llevaba el día anterior, unos pantalones de punto y un suéter gris, aunque el suéter tenía uno de esos cuellos que se dan de sí en cuanto te lo pones y lo ideal habría sido echarlo a la lavadora.

El Volkswagen de Andrew ya estaba en el parking, y cuando pasé por delante de la puerta de su despacho oí el rumor de su voz, ya fuera hablando por teléfono o reunido con los padres de alguien. Todavía estábamos en los minutos de margen para llegar al aula, con los avisos del director crepitando aún en el sistema de megafonía, pero el primer timbre sonó antes de que yo llegara a mi clase. Algunos de mis estudiantes —los solitarios y los inadaptados, los que no tenían pandilla de amigos con los que hacer el tonto por los pasillos— ya estaban en sus pupitres, y varios más empezaron a entrar en grupos de dos o tres; hacían un gesto con la cabeza al entrar, pero casi nunca respondían a mis «Buenos días». Me lo tomé con calma para colgar la cazadora en el respaldo de la silla y meter el bolso en el cajón inferior, y cuando sonó el segundo timbre, salí al pasillo a recoger a los últimos rezagados.

Pero resultó que Max estaba en el pasillo.

Sí, Max estaba enfrente de mí, sin chaqueta siquiera, con la cara de un gris blanquecino, pétreo.

—¡¿Qué?! —exclamé. Me agarré a él con las dos manos—. ¿Qué ha pasado? ¿Es Debbie? ¿Dónde está Debbie?

—Debbie sigue en casa —respondió. Parecía que hablase sin mover los labios.

—¿Está bien?

—Sí, está bien.

—Entonces, ¿qué...?

—¿Verlo cómo? —me preguntó.

Lo miré a los ojos.

—¿Ver a Andrew cómo? ¿A qué te referías con «No puedo verte más»?

Dejé caer los brazos.

—¿Qué está pasando, Gail? —preguntó.

No me salían las palabras.

—¿Es que tienes una...? ¿Se trata de algún tipo de... aventura? ¿Es eso?

—No, yo...

—Por favor, dime que no es nada —me dijo.

—¡No es nada!

—Entonces, ¿por qué has escrito eso?

—Solo me refería a...

—¿Por eso ya no lo hacemos nunca?

Esa pregunta fue la que me llevó a ser consciente, por fin, de la horda de estudiantes que tenía detrás. Sigo sin saber si llegaron a oírlo. Lo único que recuerdo es haber entrado en el aula a buscar mis cosas y haber salido a toda prisa, sin mirar siquiera hacia los alumnos; pero sospecho (en eso confío) que estaban despistados, demasiado ocupados con sus apasionantes vidas para prestar la menor atención a la mía. Me parece que ni siquiera cerré la puerta tras de mí. Cogí a Max por la manga, a punto de arrancársela, y tiré de él. Era como tirar de un perro que no quiere moverse. Lo conduje hacia las escaleras, luego le hice bajar a la primera planta.

—No es lo que parece —le dije—. Lo has entendido mal.

Se plantó delante del primer peldaño y se zafó de mis dedos.

—Entonces ¿qué es, Gail? —preguntó.

—Es un amigo, nada más. Te has confundido.

—¿Y por qué dices «No puedo verte más»? ¿Qué otra cosa podría significar?

—No tenías derecho a leer mi correo —le recriminé.

—¡Estaba ahí en medio de la pantalla, abierto!

—Eso es lo que pasa cuando... ¿Perdona?

—Iba a mandar un recordatorio sobre la protesta de esta tarde y me lo encontré ahí. El mensaje estaba en la pantalla, esperando a que lo enviaras.

—¿No se había enviado?

—Necesito que me lo expliques —me dijo.

Pero en lugar de esperar a que le diera una explicación se dio la vuelta y bajó las escaleras de la entrada, camino del aparcamiento. Tuve que correr para alcanzarlo. Cuando llegó a su coche, se metió y encendió el motor al instante, pero no abrió el cierre de seguridad de la puerta del copiloto, ya fuera a propósito o sin querer. Tuve que dar golpecitos frenéticos en la ventanilla hasta que se inclinó y levantó el pestillo. Y ni siquiera me había acomodado del todo en el asiento cuando arrancó.

—Ya sabes cómo son estas cosas —le dije—. Tienes un amigo que se pasa el día contándote sus problemas y yo qué sé qué más; a veces piensas: «¡Ya basta!», y entonces se lo dices...

Max conducía en silencio, mirando fijamente a la carretera. No sirvió de nada.

—Lo siento —dije entonces—. Lo siento muchísimo.

—¿Vas a dejarme? —me preguntó.

—¡No! —respondí. Y luego, al ver que no reaccionaba—: ¡Se lo dije! Ya viste que se lo dije; le dije que no podía seguir viéndolo.

—Pero no dijiste «Ya no quiero verte más».

—Bueno, pues no quiero.

Giramos hacia Cold Spring Lane. Al parecer había obras, varios hombres con cazadoras voluminosas deliberaban junto a una zanja en medio de la calzada. Tuvimos que parar un buen rato. Casi podía tocar el silencio del coche, era como una cortina.

—¿Debbie no está en el colegio? —le pregunté con retraso.

—La he dejado en casa —respondió.

Uno de los obreros nos hizo un gesto y Max maniobró a su alrededor. Luego continuó la marcha.

—¿Hoy no irá a clase?

—La llevaré más tarde.

Así pues, los tres habíamos faltado a nuestras obligaciones. Debbie llegaría tarde al colegio, Max y yo nos estábamos saltando nuestras horas lectivas. Mi coche se había quedado abandonado en el aparcamiento del instituto. Mis estudiantes estaban solos y probablemente montando una batalla campal. Pero nada de todo eso parecía importante.

Yo quería decir algo. Había tantas cosas que quería decir... Aun así, me obligué a esperar hasta que tuviéramos un buen rato por delante para hablar con tranquilidad.

Al llegar a casa, Debbie estaba viendo la tele en la sala.

—¿Dónde estabas? —le preguntó a Max. Y luego me dijo—: ¿Por qué no estás en el trabajo?

—Lo siento, cariño —fue lo único que dijo Max—. Coge la mochila, nos vamos pitando.

Su mochila ya estaba esperando junto a la puerta. Aunque Max tuvo que ayudarla con la cazadora, a causa del dolor en el hombro. Le puso una manga en el brazo sano y luego subió la cremallera alrededor del cabestrillo del otro brazo.

—¡Que tengas un buen día! —le dije, dándole un beso.

—Adiós, mamá.

En cuanto se marcharon, entré en el estudio y encendí el ordenador. «No puedo verte más», me dijo la pantalla. Lo envié sin pensarlo dos veces y apagué el ordenador. Luego cogí el teléfono y llamé a Millwood. Le dije a la secretaria que me había entrado un virus gastrointestinal brutal y le pedí disculpas por no haber avisado con más margen.

Supongo que medio di por hecho que Max volvería a casa después de dejar a Debbie y entonces sería cuando tendríamos nuestra conversación. Lo soltaría todo. Aclararía las cosas. Pero no volvió. Evidentemente, continuó con su jornada habitual, mientras yo me quedaba ovillada en casa, sintiéndome fatal. Cuando vi que tampoco venía a la hora de comer, me arriesgué a salir el tiempo justo para coger un taxi hasta Millwood y recoger mi coche. Huelga decir que tuve cuidado de que no me viera nadie. Me escondí detrás del volante como una ladrona; volví a casa en un tiempo récord. No había ningún indicio de que Max hubiera pasado por allí durante mi ausencia, gracias a Dios. De hecho, se quedó en el trabajo después incluso de la hora de estudio y mucho después del mitin de protesta, ya fuera de su horario. Debbie y yo tuvimos que esperarlo para cenar. Debbie suplicaba que empezásemos sin él, pero le dije:

—Solo un momentito más, ¿de acuerdo? —Por dentro, estaba de los nervios.

Cuando por fin llegó, lo único que dijo fue:

—Bueno, pues menuda pérdida de tiempo. Al final resulta que nadie quiere agitar las aguas.

—Ay, qué pena —dije.

—Un puñado de cobardes.

Nunca en mi vida me había alegrado tanto de hablar sobre una reunión de protesta.

Pero después de cenar, cuando Debbie ya había subido a su habitación a hacer los deberes, fui al cuarto de estar, donde Max estaba viendo las noticias. Me senté en silencio junto a él hasta que pusieron anuncios y entonces le dije:

—Max.

—¿Mmm?

—¿Podemos hablar?

—Ahora no, cariño. Estoy hecho polvo —contestó.

¿Debería haber insistido? Todavía no sé la respuesta.

Porque, a partir de entonces, Max se comportó como si no hubiera ocurrido nada en absoluto. Durante los días, semanas y meses siguientes, todo fue en plan «aquí no pasa nada...» y «¿qué podría salir mal?». Estaba de buen humor, como siempre. Estaba alegre, exageradamente contento.

Salvo...

Salvo que dejó de beber los vientos por mí.

Sí, sé que me lo merecía. Pero aun así me dolió, y todavía más porque todo quedó en el aire, sin ser dicho. Max se limitó a no hablar del tema. Nuestras vidas continuaron tan plácidas y anodinas como siempre.

Andrew, por el contrario...

El jueves por la mañana, cuando volví al trabajo, Andrew llamó a la puerta de mi despacho justo antes de la segunda hora de clase.

—Gail —dijo en cuanto abrí—, ¿qué ocurre? ¿Max se ha enterado?

¡Qué pregunta tan despreciable! Tan indiscreta y chismosa. ¿Y qué derecho tenía a llamar a Max por su nombre? ¡Si ni siquiera se conocían!

Lo único que pude decirle fue:

—Sí, Andrew, se ha enterado. Lo siento; decía en serio lo que escribí en el correo. —Y le cerré la puerta en las narices.

A partir de entonces fuimos como dos desconocidos. Nos dábamos los buenos días si nos cruzábamos por el pasillo. Y en primavera, cuando empezó a dejarse ver por ahí con Mamie Fox, del departamento de español, solo sentí alivio. Era como si se hubiera agotado para mí. Totalmente arrancado. Ya no quedaba nada de él.

Llegué a pensar que tal vez fuera el miedo lo que me hacía sentir así —miedo a perder todo lo que más valoraba—, y me pregunté si quizá más adelante me permitiría llorar su pérdida. Pero, en realidad, eso no ocurrió nunca. Me olvidé de él, básicamente, y en los escasos momentos en los que me venía a la cabeza, me preguntaba qué era lo que alguna vez me había atraído de él. ¿Por qué yo, que amaba de verdad a mi marido —al menos a la manera medio feliz e intermitente de la típica mujer casada, unas veces mejor y otras peor—, había hecho temblar los cimientos de mi mundo entero por un hombre que en realidad apenas conocía? Pero quizá había sido por eso: porque no lo conocía. Hay veces en que el desconocimiento puede ser el mayor atractivo de todos.

No esperaba volver a quedarme dormida, pero de pronto abrí los ojos de nuevo y la gata ya no estaba y el sol proyectaba potentes chorros amarillos sobre mi colcha. ¿Por qué no había hecho ese tiempo el día de la boda? Me levanté y subí la ventana de guillotina. Fuera hacía más fresco y todavía había humedad, así que volví a bajar la hoja.

Cuando me vestí, oí que Max ya trajinaba en la planta inferior. Me lo encontré vaciando la arena sucia de la gata en el cubo de la basura bajo el fregadero, mientras la gata merodeaba alrededor de sus tobillos.

—¡Buenos días! —dijo incorporándose. Señaló el cubo—. No te preocupes. En cuanto desayune, saco la basura.

—¿Cuánto hace que te has levantado? —pregunté.

—No mucho.

—¿Vas a salir ya?

—¿A salir?

—¿Para volver a casa?

—No, no, es domingo. No hay por qué salir pronto un domingo.

Precisamente el domingo era cuando convenía salir pronto con el coche. El tráfico iría empeorando hora a hora hasta la tarde. Pero no se lo comenté.

—Bueno, ¿y qué te apetece desayunar? —dije en cambio.

—¿Por qué no preparo algo para los dos? ¿Qué tal has dormido?

—Como un tronco —contesté—. Por lo menos hasta el amanecer. ¿Y tú?

—He soñado con Debbie.

—¿Algo bueno o malo? —pregunté.

—He soñado que venía y nos decía que quería volver a estudiar y si nos importaría pagarle la matrícula. Y le preguntábamos: «¿Qué tienes pensado estudiar?», y decía: «Bueno, mi ilusión secreta siempre ha sido ser esteticista». Así que le decíamos...

Y siguió perorando, sumiéndose en el pozo sin fondo de su sueño mientras devolvía el arenero al cuarto de baño. Oí que echaba arena limpia, y se me ocurrió que hacer eso cuando estaba a punto de irse era un poco sospechoso. No estaría imaginando que al final iba a quedarme con la gata, ¿verdad? Pero así era Max, inconfundible. Con sesenta y cinco años, y todavía creía que los seres humanos éramos capaces de cambiar.

Sin embargo, me mordí la lengua de nuevo. Abrí un paquete de café y, cuando él regresó a la cocina, sacó los huevos de la nevera.

—A lo mejor me acerco al colegio a recoger mis cosas —le dije.

—¿Qué cosas?

—Lo que tengo en la mesa y tal.

Max, que estaba junto a los fogones, se dio la vuelta.

—Entonces, ¿lo decías en serio? ¿Tienes pensado dejar el trabajo?

—Y por qué no —dije encogiéndome de hombros.

—Pero si no has buscado nada aún.

—¡Ja! ¿Cuántas veces has dejado tú un trabajo sin tener ningún otro esperando?

—Es diferente. Yo no soy de los que se preocupan. —Echó un poco de mantequilla en la sartén—. Además, no puedes entrar como si nada en la escuela un domingo y arramblar con todas tus pertenencias y no volver a dar señales de vida.

—¿Por qué no? ¿Qué pueden hacer, despedirme?

Soltó una risita que fue casi un siseo.

Llené dos vasos de zumo de naranja y los dejé en la mesa. Luego saqué el pan y puse dos rebanadas en la tostadora.

—¿Sabes qué? —dijo Max—. Dentro de un rato llamaré a Levy.

—¿Quién es Levy?

—El jefe de estudios de mi escuela. Voy a preguntarle si tiene algún puesto para ti.

—Max.

—¡Te encantaría trabajar allí! Hay chavales estupendos, alumnos con necesidades; es solo que han empezado con mal pie, nada más. Ya has tenido suficientes niños de papá forrados en las aulas.

—Si son ricos no es culpa suya —dije conciliadora—. Además, apuesto a que hay alguna clase de norma que impide contratar a parientes.

—Pero tú y yo no somos parientes —señaló Max.

—Ah, bueno.

—Y en cuanto le enseñes tu currículum a Levy, se morirá por tenerte en su equipo.

—No si Marilee menciona en la valoración lo de mis nulas habilidades sociales.

—Habilidades sociales, bah, pamplinas —dijo Max, y dio un golpe con la espátula en el borde de la sartén.

Me sentí algo decepcionada. No sé, podría haber dado con una forma mejor de defenderme.

Apagó el fogón y llevó la sartén a la mesa. Sus huevos parecían un montón de nubes de color amarillo pálido.

—¿No pasa nada por comer tantos huevos revueltos y tortillas y tal?

—¿Qué iba a pasar? —me preguntó.

—¿No son malos para el colesterol o algo así?

—Eso era antes —me dijo—. Ahora todo ha cambiado.

Me sirvió una ración y luego puso la otra mitad en su plato. Mientras tanto, me levanté para sacar el pan de la tostadora.

—Pero te lo digo en serio —añadió luego—, habrá más posibilidades de que te contraten si no tienes un caso de allanamiento en tu historial.

—Perdona, pero en rigor no sería un caso de allanamiento —dije—. No sé si sabes que tengo llave.

—Aun así.

—Tal vez debería olvidarme de la enseñanza y dedicarme a vender espárragos.

—Te lo tomas a broma —me dijo—, pero en realidad puede que paguen mejor. —Empezó a extender mantequilla por la tostada, casi medio dedo de grosor. (¡Hablando de colesterol!)—. Sin embargo, sería horrible privar a nuestros estudiantes de una profesora con tanto talento.

—Ay, gracias —dije.

Sonó el teléfono.

—¿Quién será? —preguntó Max.

Me levanté para comprobar quién llamaba.

—¡Vaya! —dije, y descolgué el auricular—. ¿Debbie?

—Hola, mamá.

Max dejó la tostada en el plato.

—¿No...? —empecé. Iba a preguntarle si no estaba bien, pero cambié de opinión y lo reformulé—: ¿No es increíblemente temprano para que estés despierta?

—Sí, pero ninguno de los dos había hecho las maletas, ¿te lo puedes creer? Teníamos tantísimo lío... Pero quería llamaros a papá y a ti para daros las gracias por todo. Creo que salió muy bien, ¿no te parece?

—Salió perfecta —dije—. Fue una boda preciosa.

—¿Sigue papá por ahí?

—Sí, justo estábamos desayunando.

—Ay, lo siento.

—No, no... Deja que te lo pase —le dije.

Le acerqué el auricular a Max, quien se levantó para cogerlo.

—Hey, hola —dijo. Y luego añadió—: En mi opinión, no habría podido ir mejor. ¿Qué le pareció a Kenneth?

Maldita sea, debería habérselo preguntado yo. Debería haber dicho algo que demostrara que había pasado página y olvidado que había existido el más mínimo roce con Kenneth.

—¡Bien! —exclamó entonces Max—. Tiene toda la razón. Sus padres proporcionaron la pompa y tus padres lo bajaron a un nivel más razonable. Un trabajo en equipo perfecto.

—No cuelgues cuando termines —susurré.

—¿Qué? —me preguntó Max.

—Tengo que decirle otra cosa.

—Vale. ¿Deb? Espera; tu madre quiere añadir algo más. Bueno, que tengáis buen viaje, cariño. Adiós.

Me pasó el auricular.

—Sí, cielo, solo quería sugerirte que llamaras a Sophie y a Rupert para darles las gracias también.

—Ya lo he hecho —dijo Debbie.

—Ah.

—Los dos coinciden en que fue un gran éxito, aunque a Sophie no acabaron de gustarle las flores.

—Vaya, ¿y eso? —pregunté. Y enseguida añadí—: Bueno, cariño, espero que paséis una luna de miel fabulosa.

—Gracias, mamá.

Colgué.

—Ha llamado a Sophie y a Rupert antes que a nosotros —le dije a Max.

—Bueno, normal. A ellos los llama por obligación. Lógico que quiera quitárselo antes de encima.

—Y me ha dicho que a Sophie no acabaron de gustarle las flores.

—Y tú has dicho «Vaya, ¿y eso?» —contestó Max—. Que es lo que tenías que decir.

Nos sonreímos.

—Por cierto —comentó—, ¿todavía sales a pasear los domingos por la mañana?

—¿Que si...? No necesariamente —dije, porque no quería que pareciera que le metía prisa para que se marchase—. Me refiero a que no está escrito en piedra.

—Estaba pensando en que a lo mejor podría acompañarte —propuso.

—Sería estupendo —le dije.

—Salvo que prefieras la soledad.

—No, eres bienvenido si te apetece venir.

Entonces me puse a comer los huevos revueltos. Hasta entonces había estado mareando la perdiz.

Mi paseo dominical siempre seguía la misma ruta. En un momento dado pasaba por delante del Ashton School y superaba una colina bastante empinada tanto a la ida como a la vuelta, porque tenía la sensación de que ir en bajada ponía en funcionamiento un grupo de músculos distinto del que usaba para la subida. El paseo completo duraba cuarenta y cinco minutos.

—¿Cuarenta y cinco minutos te parece excesivo? —le pregunté a Max.

—Qué va, en absoluto.

—¿Y te importa si subimos una colina?

—Pero ¿por quién me tomas? Ya te lo he dicho, el médico me ha recomendado que ande por lo menos tres kilómetros al día.

—Solo quería asegurarme.

Puso los ojos en blanco. Aunque nadie podía culparme por preguntar. Era un hombre voluminoso y llevaba sus zapatos de sport, los de la suela de caucho, mientras que yo siempre salía a andar con unas Adidas del tamaño de dos sandías.

Subí a ponérmelas en cuanto terminamos de desayunar, y mientras tanto Max recogió la cocina. Tanta amabilidad no era habitual en él. Empezó a preocuparme que sintiera pena por mí, primero porque acababa de despedirme de mi única hija y segundo porque estaba a punto de quedarme sin empleo. Por eso, cuando bajé de nuevo, me esforcé por parecer enérgica y desenfadada.

—¿Todo listo? —pregunté—. Supongo que no te has traído pantalones cortos, ¿verdad? —Yo me había puesto unos pantalones de trekking por debajo de la rodilla.

—No, los únicos que tengo son estos —dijo, refiriéndose a los mismos con los que había llegado.

—Bueno, por suerte hoy no hace mucho calor.

Salir de casa fue complicado, porque de pronto a la gata se le metió en la mollera acompañarnos. Mientras me daba la vuelta para cerrar la puerta, noté algo suave que me rozaba las espinillas y dije: «¡Eh!», y la obligué a entrar de nuevo dándole un golpecito con la punta del pie.

—Pero bueno... ¿está acostumbrada a salir a la calle? —le pregunté a Max mientras cerraba con llave.

—No tengo ni idea.

—Porque muchos vecinos tienen comederos para pájaros —le dije—, y no les haría ni pizca de gracia.

—Creo que es solo que se ha encariñado de ti —me dijo—. La pobre quería ir contigo.

Ese hombre no se daba por vencido.

Pero no me molesté en debatir el tema.

—Deberíamos cruzar aquí mismo —le indiqué—, porque veo a Fred Parrott cortando el seto ahí delante y siempre tiene que parar a todo el mundo y hablar como una cotorra. Luego, cuando lleguemos a Tribal Lane, giraremos a la izquierda y...

—O podríamos ir sin rumbo fijo, a ver adónde llegamos —propuso Max.

—No lo creo —fue mi respuesta.

Pasamos por delante de la casa de los Nicholson y por la que tenía una Virgen de escayola en el jardín. Para entonces ya estábamos justo enfrente de Fred Parrott. Sin mover apenas los labios, le dije a Max:

—Gira la cabeza hacia otro lado antes de que nos diga algo.

Caminamos mirando en otra dirección.

—Así que la gente de por aquí es simpática, ¿eh? —preguntó Max.

—Más o menos.

—¿Alguno de tus vecinos fue a la boda?

—¿A la boda de Debbie? No.

—¿Cuánto hace que vives aquí?

—Veintiún años —contesté—. En marzo hará veintiún años.

Aunque debería saberlo tan bien como yo.

Mi padre murió en 2001, en otoño de 2001. No fue inesperado —hacía años que tenía problemas respiratorios—, pero cuando finalmente ocurrió, un domingo por la tarde mientras veía la televisión con mi madre, tuve la impresión de que me pillaba por sorpresa. Mi madre se lo tomó con mucha más entereza que yo. Gestionó con eficacia los preparativos del funeral y todo el papeleo, mientras yo me limitaba a estar ahí sentada, hecha un ovillo aturdido. Y fue ella quien me habló del dinero que me había dejado en herencia, no una cantidad inmensa pero sí un buen pellizco. De inmediato supe qué hacer con él. Ni siquiera recuerdo haber tenido que tomar la decisión. Esa misma noche antes de irme a dormir le dije a Max que quería comprar un sitio pequeño donde Debbie y yo pudiéramos vivir por nuestra cuenta. Él, le dije, podía hacer lo que prefiriera: continuar alquilando la casa en la que vivíamos, buscarse un apartamento, mudarse a otra ciudad o lo que deseara. Era decisión suya y de nadie más.

—¿Estás hablando de... divorcio? —me preguntó.

—Exacto. Sí, a eso me refiero.

—Pero ¿por qué?

—Porque sí —le dije.

—¿Es por ese tío?

Aun entonces, se negaba a pronunciar el nombre de Andrew. Yo también.

—No —dije—. Es por mí.

—Genial, Gail. La vieja excusa de «No eres tú, soy yo».

—No —contesté—. Es más bien «No eres tú; es la clase de yo que soy cuando estoy contigo».

—¿Qué?

—Antes yo era... —empecé.

Antes yo era la chica que se plantaba en un inmenso campo dorado de trigo o avena o cebada mientras Max Baines me cogía la cara entre las manos como si fuera algo precioso. Me rodeaba las mejillas; seguía la cicatriz de mi barbilla con la yema del pulgar; parpadeaba como si le costara creer que alguien pudiera ser tan..., bueno, perfecta.

Antes yo era perfecta.

Pero, claro, no podía decir eso en voz alta. Lo que dije fue:

—Sé que no puedo esperar que sientas por mí lo mismo que sentías antes.

—¿De qué estás hablando?

—Y en cuanto a Debbie —continué—, tendríamos que procurar que le afecte lo mínimo. No queremos que se sienta dividida entre los dos. Te dejaré verla siempre que quieras, por supuesto; nada de pelearnos por la custodia ni nada parec...

—¿Que me dejarás verla?

—Me refiero a... ya sabes a qué me refiero —dije—. Y sería mejor que no nos oyera discutir sobre esto; no debería ver ninguna muestra de desacuerdo entre nosotros. Tenemos que dejarle claro que estamos en el mismo...

—Ya lo pillo —dijo. Y luego añadió—: Ya sabes cuál es la palabra clave aquí, Gail.

—¿La qué?

—La palabra clave es «decepción» —me dijo—. Una auténtica decepción, hueca y sinsentido.

Y salió de la habitación.

A decir verdad, fue un alivio para mí. ¡Ya era hora de que se enfadara! Que saliera echando humo por las orejas, que apretara los labios y diera un portazo y fingiera que no me oía cuando le hablaba. Ya hablaríamos de todo más tarde, pensé.

Pero nunca lo hicimos. Unos días después se marchó de casa. Alquiló un piso cerca de St. Paul, empaquetó todas sus pertenencias y desapareció. Sin más discusión. Fue más duro de lo que había imaginado, tengo que reconocerlo. Yo pensaba que las cosas serían más fáciles cuando desenlazáramos nuestras dos vidas, pero durante un tiempo parecieron aún más complicadas. Más proclives a los malentendidos. Una vez le pregunté por teléfono dónde tenía pensado llevar a Debbie a cenar y me dijo que no tenía derecho a interrogarle. «No pretendía...», empecé a decir, pero ya había colgado. Le propuse ir a la obra de teatro del colegio y me dijo que por supuesto que iría, porque resultaba que la primera función coincidía con una de las noches en las que a Debbie le tocaba dormir en su casa; y que yo tendría que esperar a la segunda representación para ir a verla.

Sin embargo, después de que encontrara trabajo en la parte oriental de la Costa Este, las cosas mejoraron. Ya solo lo veía cuando venía a Baltimore a recoger a Debbie o a dejarla conmigo, y poco a poco, incluso esas ocasiones se hicieron más escasas, primero debido a la distancia entre su casa y la mía y después porque, al hacerse mayor, Debbie empezó a tener una vida social propia.

Una vez, Max llamó por teléfono para cancelar en el último momento un plan que tenía con nuestra hija y le dije:

—Le dolerá no poder verte.

Y me contestó:

—No me echará de menos.

—¡Claro que sí! —insistí.

Pero él me dijo:

—La semana pasada, cuando fui a recogerla al colegio, estaba en la pista de deporte animando.

—¿Animando?

—Sí... practicando uno de esos bailes que hacen las animadoras en los partidos, dando saltos en el aire y agitando los pompones para luego aterrizar y acabar abrazada a la chica de al lado riéndose a carcajada limpia.

—Vale... —dije.

Porque por supuesto que se reía. Entonces tenía catorce años y salía con amigas de su edad. Solo yo sabía lo disgustada que estaba aún con nosotros dos por lo que le habíamos hecho a su vida. (Lo reconozco, soy una cobarde; nunca admití ante ella que quien lo había provocado había sido yo).

—Ni siquiera se dará cuenta de que he cancelado el plan —insistió Max.

—Eso no es cierto —le dije.

Pero luego, aproximadamente un mes más tarde, Debbie volvió a casa después de un fin de semana con él y me dijo que no pensaba volver. Me dijo que no le caía bien su novia.

—¿Su qué? —pregunté.

—Es gorda —dijo Debbie.

—¿Tiene novia?

—Tiene una novia que se llama Roxanna y es más grande que una casa —dijo Debbie.

—Bueno... Me alegro por él —dije con poco convencimiento.

Debbie soltó un bufido.

—La abuela dice que es fácil engatusar a los hombres —me dijo.

—¡La abuela! ¿Cuándo has hablado con la abuela?

—Yo, o sea, la llamé desde casa de papá.

—¿Que la...?

—Estaba triste, ¿vale? Y la abuela me dijo que los hombres son débiles por naturaleza, por eso no pueden admitir que se hacen viejos y dejan a sus mujeres por fulanas más jóvenes.

—Pero eso no es... Espera, ¿la abuela ha dicho «fulanas»?

—Fulanas que se aprovechan de los hombres casados en sus momentos de debilidad.

—Debbie, por favor, no digas «fulanas».

—¡No lo digo yo! Lo dice la abuela.

—No me lo puedo creer —comenté.

—¿Crees que miento?

—No, yo... Pero tu abuela no tiene la menor idea de lo que ocurre, créeme.

—Da igual —dijo Debbie—. No hace falta que te preocupes por mí. Ya sé que voy a hacerme monja.

—Pero qué dices... si ni siquiera eres católica —dije.

—Entonces, ¿llamarás a papá y le dirás que no pienso volver a su casa?

—Lo llamarás tú —le dije—. Yo voy a permanecer al margen.

Porque a veces sé cómo hay que hacer las cosas.

Aunque reconozco que lo pasé mal durante unas semanas después de enterarme de lo de Roxanna. Tuve que hablar muy seriamente conmigo misma. («Asúmelo, Gail —me dije—. Es justo lo que te mereces»).

En cuanto a Debbie, puede que llamara a Max o puede que no; nunca le pregunté. Y tras un intervalo, lo cierto es que reanudó las visitas a su casa. Porque resultó que en enero del año siguiente se sacó el carnet de conducir, lo que significaba que podía pedirme prestado el coche: un gran aliciente, por lo menos durante esa primera etapa en la que conducir es una novedad. Nunca dejó de hablar con desdén de Roxanna, pero con el tiempo me percaté de que, en el marco del espejo de su habitación, había una foto de ella con una mujer que tenía que ser Roxanna en una especie de mercadillo, y estaban cogidas del brazo y Debbie sonreía relajada. Es más, Roxanna era guapa. Hasta entonces yo había sentido cierta superioridad al imaginarla obesa, pero hay algunas mujeres con sobrepeso que son tan exuberantes y tienen una piel tan sedosa y una confianza en sí mismas tan sublime que no queda más remedio que preguntarse por qué la delgadez se ve como una virtud. Tenía hoyuelos en las mejillas y unos montículos preciosos y mullidos por pechos, además de una barriga marcada pero atractiva.

No recuerdo cuándo dejó de mencionarla Debbie. Pero el caso es que, al cabo de un par de años, caí en la cuenta de que la foto de Roxanna ya no estaba en el marco del espejo de mi hija. Y algo que dijo Max más adelante, cuando un amigo nuestro divorciado volvió a casarse («Casarse otra vez es demasiado follón a determinada edad», comentó), hizo que me preguntara si Roxanna y él estaban sencillamente en dos etapas distintas de la vida.

En cualquier caso: transcurrió el tiempo y los tratos entre Max y yo se volvieron más directos y cordiales. Ambos asistimos juntos a la graduación en el instituto de Debbie, y luego a la graduación universitaria. Nos sentamos uno al lado del otro cuando le dieron el diploma de la carrera de Derecho, y en un par de ocasiones, Debbie y él vinieron a cenar a mi casa, porque Max iba a pasar la noche con ella.

Hace un tiempo, cuando la enfermera de mi colegio estaba en pleno divorcio, me dijo:

—A lo que aspiro es a que Steve y yo podamos mantener una amistad civilizada, como la que tenéis tu ex y tú.

—¿Así nos ves? —le dije. Y luego—: Es verdad. Así es.

No le conté cuántos años de altibajos y de silencios gélidos y sentimientos heridos habíamos tenido que atravesar para llegar a ese punto.

Ahora el sol calentaba mucho más. Las hileras de casas dieron paso a hileras de tiendas entremezcladas con casas más pequeñas, y después las casas se convirtieron en consultas de podología o agencias de seguros modestas, y después giramos a la derecha en Ashton Street y vi la frutería Mayella's Produce y el restaurante de truchas de lago y, más allá, mi colegio. Y eso me llevó a reflexionar...

—Estaba pensando —dije, casi sin resuello, pues acabábamos de subir la colina— en que quizá debería escribir un e-mail a Marilee deseándole buena suerte con la intervención.

—¿Qué intervención es? —preguntó Max.

—Mañana le hacen un cardio-no-sé-qué para cambiarle la frecuencia cardiaca.

—Parece serio —comentó Max.

—¿Cardio... grama? ¿Grafo? ¿Cardiólisis? No tuve oportunidad de desearle buena suerte el viernes porque ella estaba demasiado ocupada poniendo en duda mis habilidades sociales, pero entiendo que pude parecer un poco, no sé, desconsiderada.

—Si quieres demostrar tus habilidades sociales, deberías llamarla por teléfono, no mandarle un correo electrónico.

—Ya, pero eso sería crearle falsas expectativas —dije, solo medio en broma—. En realidad, no tengo muchas habilidades sociales. Además, ¿qué tiene de malo mandar un correo? Incluso podríamos decir que es una muestra de respeto. Respeto por el tiempo que puede pasar con su marido el día previo a su... ¿cardioxia?

—Llamar por teléfono expresa una preocupación más inmediata —dijo Max—. Tipo «Perdona que te moleste, pero estaba tan preocupada por ti que he tenido que coger el teléfono y preguntarte qué puedo hacer».

—¡Ja! Se preguntaría qué bicho me ha picado.

Vi que el Ashton School estaba cerrado y en silencio, con todas las persianas de las clases bajadas, justo a la misma altura, como le gustaba a nuestro bedel; ningún profesor ni estudiante molesto interfería con sus preferencias. Después de dejarlo atrás, dimos media vuelta y recorrimos el mismo camino a la inversa.

—Me da mucha rabia olvidarme de las palabras. Tener que andar rebuscándolas en mi memoria; es como preguntar a la Bola 8 Mágica: «¿Mañana seré rica?», «¿Viajaré?». Y entonces esperar a que la respuesta aparezca muy despacio en la superficie de cristal.

—«Todavía no está claro» —dijo Max impostando un tono solemne—. «Vuelva a preguntar más tarde».

—Cuando era joven sí que aparecía un mensaje. Y yo me lo creía. Pero ahora no. A veces pienso: «Algún día conoceré el destino», pero nunca ocurre.

—Sí, bienvenida al club —dijo Max sin darle importancia.

—Lo odio —le dije.

Me miró a la cara.

—Me hace sentir... vulnerable —reconocí.

—Ay, querida...

—Pero tienes razón: ¡bienvenida al club! —dije—. Dios mío, ¿eso es un tordo alirrojo? —Y ambos nos volvimos para mirar cómo volaba desde una morera, negro azabache y con las alas de un llamativo rojo escarlata.

—Hubo un tiempo en el que tú y yo íbamos a envejecer juntos —dijo Max.

No sé adónde esperaba que nos llevara ese comentario. No respondí, y continuamos caminando en silencio.

Pese a que en el momento no di mi brazo a torcer, pensé en serio en su consejo de desearle a Marilee que le fuera bien la operación por teléfono. Tenía que reconocer que tal vez tuviera razón. Por eso, cuando llegamos a casa y subí a mi cuarto a cambiarme de ropa, me senté en el borde de la cama para llamarla. Tuve que buscar su número en la agenda telefónica que guardaba en la mesilla; esa era la escasa frecuencia con la que hablábamos por teléfono.

—¡Gail! —dijo al descolgar.

—Hola, Marilee.

—Me alegra que me devuelvas la llamada.

—Es verdad —dije. Me había olvidado por completo de su mensaje de voz—. Bueno, solo quería decirte que espero que las cosas vayan bien mañana.

—Ay, gracias —me dijo—. Qué detalle por tu parte. Bueno, te cuento para qué te llamaba. Por favor, no te lo tomes a mal, pero de pronto me acordé de que antes de que te contrataran para ser mi ayudante dabas clases de matemáticas en Millwood High.

—Sí...

—Dabas refuerzo de matemáticas.

—Eso es.

—El caso es que el viernes, después de que te marcharas, llamé a Emmy Lawton —dijo.

Emmy era la jefa del departamento de matemáticas de nuestro colegio: no muy avispada, pero me caía bien.

—Le pregunté si le interesaría contar con una especialista en refuerzo de matemáticas —continuó—, y me dijo que desde luego que sí. Desde la época del Covid, nuestros estudiantes van muy rezagados, eso fue lo que me dijo... Pero bueno, no quiero que te sientas insultada por esa sugerencia; soy consciente de que desde entonces has avanzado mucho en la vida...

Solo alguien como Marilee podía pensar que dedicarse a tareas de administración era avanzar en la vida.

—Aun así, ¿te plantearías la posibilidad de volver a dar clases? —me preguntó.

—¿En el Ashton School, quieres decir?

—¿Podrías pensarlo al menos?

—Ajá. Es una idea —le dije. Y lo era... aunque se trataba de una idea complicada. La aparqué de momento—. En fin, ¿podrías pedirle a tu marido que me llamara mañana para contarme cómo ha ido la operación?

—Gracias. Se lo diré —contestó.

Habría sonado más personal si hubiera recordado el nombre del marido. Pero no era así.

Después de colgar crucé el pasillo y fui a la habitación de invitados, donde Max estaba haciendo la bolsa.

—Lo he hecho —le conté.

—¿El qué? —me preguntó.

—He llamado a Marilee para desearle buena suerte.

—Excelente —me dijo.

—Y por casualidad mencionó que al Ashton School le iría bien una profesora de refuerzo de matemáticas.

—Ah, vale —comentó.

Por dentro me dije: «Maldita sea. Debería haberle preguntado cómo se llama la operación cardiaca esa».

—Perdona, prométeme que no te vas a enfadar —dijo Max.

Lo miré a los ojos. Me mentalicé.

—Pero acabo de telefonear a Sam Levy. Le he preguntado si por casualidad necesitaban profesora de refuerzo de matemáticas en nuestra escuela. Y me ha dicho: «¿Estás de broma? Mataría por una profesora de refuerzo de matemáticas».

—¿A quién mataría? —pregunté.

—A quién —repitió Max. Y luego—: ¿Te has enfadado?

—No. Gracias por tomarte la molestia. Es un detalle.

—Es solo que a veces va bien un cambio, ¿no te parece?

—Desde luego —dije—. Pero, ya sabes, vivo aquí en Baltimore.

—Sí, ya lo sé.

—¡Oye! Tengo una idea —se me ocurrió—. ¿Te marchas ya mismo? Porque, si no te importa quedarte un ratito más, podría invitarte a comer antes de que te vayas.

—Claro, me encantaría quedarme un rato.

—Podemos comer en The Cultured Crab, quizá, ya que luego tienes un trayecto largo por delante. ¿Qué te parece?

—Sería genial —contestó.

Después ya no supe qué más añadir, así que bajé a la planta inferior.

Mientras leía el *Sun* del domingo en el sofá junto a la gata, Max también bajó.

—¿Te apetece leer el periódico? —le pregunté.

—Gracias —dijo, y cogió las páginas que le tendía para llevárselas a la mecedora—. ¿De verdad me hace falta saber esto? —preguntó dirigiéndose al primer titular cuando se sentó.

Yo seguí leyendo la columna «Pregunta a Amy». Siempre me gustó que Amy no se anduviera con tonterías.

—¡Toda la razón! —exclamé en un momento dado—. ¡Menudo descaro tiene alguna gente!

Y la gata me lanzó una mirada incómoda y se apartó unos centímetros.

—El sueldo no será para tirar cohetes, te lo garantizo —dijo Max. Parecía que hablara de nuevo con los titulares del periódico—. Pero ten en cuenta que el coste de la vida allí es mucho menor.

—¿Te refieres a... la zona en la que vives? —le pregunté.

Por fin me miró a los ojos.

—Podrías alquilar una casa muy bonita por una minucia —me dijo.

—Bueno, claro, es una zona deprimida.

—¡Como si Baltimore no lo fuera! —exclamó. Y luego—: Pero piénsalo; una vez que Debbie y Kenneth tengan hijos, pueden llevarlos allí a pasar las vacaciones de verano. Te recomiendo que te acuerdes de eso antes de decidir cuántas habitaciones te harán falta.

—Lo dices como si fuera a tener una casa en la playa. Pero el coste de vivir en la playa es astronómico.

—No, me refiero a mi zona —comentó—: Cornboro. Podrían quedarse contigo en Cornboro y luego ir en coche a la playa más cercana en poco más de una hora.

—Ah, claro —dije—. Y el trayecto sería tan sencillo que Kenny Junior podría coger el volante en cuanto se sacara el carnet de conducir.

Max se quedó confundido, pero solo un instante.

—Desde luego que sí —corroboró.

—Max, te agradezco que pienses en mí. Pero el caso es que creo que la vida que tengo asignada es limitada. Dudo que tenga tiempo para, no sé... probar diversas ideas al azar y desecharlas si no funcionan.

—Bueno... —dijo Max con un suspiro.

Al parecer, él daba por hecho que tenía un número infinito de vidas.

Algún día me gustaría que me dieran un premio por todas esas veces en las que no dije algo que podría haber dicho.

Para ir a comer cogimos mi coche, pues necesitaba echar gasolina antes de ir a trabajar el lunes. (Empezaba a asumir que tal vez no dejara el trabajo tan de inmediato). Me percaté de que el interior del coche todavía olía un poco a productos para el pelo. Bajé la ventanilla antes de que nos pusiéramos en marcha.

—Ya pasaremos por la gasolinera al volver —le dije a Max—. De repente me ha entrado un hambre canina.

—A mí también.

The Cultured Crab estaba en Lutherville, cerca de donde él se había criado. Había sido el restaurante predilecto de sus padres para las ocasiones familiares importantes. Ahora que hacía tanto tiempo que habían fallecido, habría sido de esperar que le pareciera triste volver, pero no fue así. Miró por la ventanilla satisfecho mientras recorríamos York Road, con su amalgama de concesionarios, locales con barbacoa, centros comerciales y almacenes de neumáticos de oferta.

—Cuando Deb me contó que Kenneth y ella iban a casarse —me dijo—, los llevé a cenar a The Cultured Crab para celebrarlo. ¿Por casualidad te lo comentó?

—No. ¿Y qué le pareció a Kenneth?

—Le encantó.

—Aunque ¿qué otra cosa iba a decir?

—No, en serio, creo que le gustó de verdad. Dijo que era un sitio único.

—Bueno, eso sí me lo creo —dije.

—Pero tengo que advertirte que, desde la época del Covid, el local ha sufrido una conversión interesante.

—¡Ay! —exclamé de repente—. ¡Cardioversión!

—¿Qué?

—La intervención de Marilee. Se llama cardioversión.

—Ah.

—Una sacudida en el corazón para que empiece a latir como es debido.

—Medicina moderna —dijo maravillado—. Bueno, pues te cuento: lo que hicieron fue sacar un montón de mesas fuera, al estilo de las terrazas parisinas, y todavía no las han quitado. Ya ves a qué me refiero.

Porque para entonces ya estábamos casi frente al restaurante. La fachada seguía igual —una pared de tablillas blancas con un cangrejo de neón con gorro de chef bailando en lo alto—, pero el espacio que había delante se había convertido en un revoltijo de mesas, sillas y sombrillas cerradas, rodeado de cubos de basura y cajas apiñadas como siempre en el bordillo de la acera.

—París, Francia —dijo sacando el brazo.

—Ya veo —comenté.

—Pero no se te ocurra decirles que estás saciada.

—De acuerdo.

Eso es algo que se te olvida cuando llevas un tiempo sola: esas conversaciones de pareja que se prolongan de forma intermitente, a veces durante semanas, ramificándose y desdoblándose y enroscándose en hebras anteriores, como si fueran una labor de ganchillo.

Encontré aparcamiento un poco más allá y salimos del coche. Serpenteamos entre las mesas de la terraza. No había ninguna ocupada, y cuando entramos en el restaurante vimos que la mayor parte de las mesas también estaban vacías. Una joven sentada cerca de la ventana bebía un cóctel tranquilamente, mientras dos hombres mayores que había en el otro extremo del salón repasaban la carta con la frente arrugada. Yo estaba bastante segura de por qué arrugaban la frente. Lo más probable era que hubiesen entrado dando por hecho que era la típica marisquería de Baltimore. Pero The Cultured Crab pretendía algo más sofisticado. Ni siquiera ofrecían en la carta los clásicos cangrejos al vapor: demasiado farragosos, demasiado trabajo para los comensales. Los pasteles de cangrejo —así los llamaban— eran croquetas del tamaño del pulgar salpicadas de pimiento shishito asado. El postre helado de cangrejo llevaba capas de nata fresca con toques de wasabi. La ensalada de cangrejo tenía almendras marconas bajo un glaseado de yuzu. Los padres de Max se tomaban muy en serio esos platos, pero al propio Max le parecían hilarantes. Mientras entrábamos, literalmente se iba frotando las manos, y en cuanto la camarera (con aspecto de tener trece años) nos dijo dónde podíamos sentarnos, se puso a leer el mantel. Cada uno era diferente: una reproducción en lino irlandés de una página de periódico, destinada a emular los periódicos reales en los que otros locales especializados en cangrejo servían sus tinas de cangrejos enteros al vapor. La página del nuestro tenía noticias sobre un banquete del ayuntamiento con ostras asadas y una comida de beneficencia donde el alcalde en persona había servido canapés calientes de cangrejo. Max leyó esa noticia en voz alta.

—Fíjate en que no dicen qué alcalde —comenté.

—Es como un salto en el tiempo —dijo Max. En ese momento miraba una mesa en la otra punta del restaurante—. ¿Recuerdas aquella vez en que estábamos todos allí sentados y mi hermana anunció que estaba embarazada?

—Ay, Dios —dije, porque en aquella época su hermana no estaba casada.

—Y papá se levantó tan de repente que tropezó con la mesa y tiró la vela que había encima y prendió fuego a la carta del restaurante que tenía mamá en las manos.

—Qué días tan felices —comenté.

—¿Les apetecería empezar bebiendo algo? —nos preguntó otra camarera, también adolescente. Por supuesto, todas las camareras del tipo «sí, cariño» de sesenta y tantos se habían jubilado durante la pandemia.

—Solo agua, por favor —le dije.

—Yo tomaré té con hielo —añadió Max.

El té con hielo de The Cultured Crab era famoso; lo condimentaban con comino o cúrcuma o algo parecido que ponía los dientes amarillos.

—Y ahora ese bebé es una mujer hecha y derecha que acaba de ir a la boda de nuestra hija —dijo Max cuando volvimos a quedarnos solos. Por supuesto, había retomado el tema del embarazo de su hermana.

—Incluso le están saliendo canas —dije—. Me di cuenta mientras charlábamos después de la ceremonia.

Yo iba mirando la carta al tiempo que hablaba, tratando de encontrar la combinación menos estrambótica. Nunca he sido fan de platos que no comí en mi infancia. El sabor a lata del mango, el sabor a mal aliento del cilantro... Tal vez los habría aceptado si los hubiera conocido con tres años. Max, por supuesto, se iba al extremo contrario.

—¿Qué crees que es la asafétida? —preguntó en ese momento.

—No me lo quiero ni imaginar —respondí. Luego dije—: ¿Sabes en qué me hace pensar la palabra «cardioversión»?

—¿En qué?

—¿Recuerdas en los viejos tiempos, cuando la gente daba golpecitos al reloj?

—Todavía lo hacen... cuando llevan *smartwatches* —dijo.

—Eso no son relojes; son ordenadores con correa. Pero en un reloj normal como el mío —le dije—, ¿para qué iba a necesitar dar golpecitos, eh? Funciona años y años con la misma pila.

—¿Y por qué les daban golpecitos antiguamente? —preguntó—. Aunque, ahora que lo pienso —añadió—, mi abuelo lo hacía cuando quería recalcar que llegábamos tarde.

—Sí, mi padre hacía lo mismo. Pero supongo que también podría significar lo contrario. Por ejemplo: «¿Se ha muerto este cacharro? Porque juraría que llevamos horas en esta fiesta, pero mi reloj dice que solo son las ocho y media».

—O incluso: «Detente aquí, reloj. Para justo donde estás ahora».

—Bueno, nunca he visto que eso ocurra —dije—. Y esperemos que no pase en el caso de Marilee. Estamos hablando de un corazón, no lo olvides.

—O: «Retrocede, reloj» —siguió Max.

—¡Retrocede!

La camarera nos sirvió las bebidas y preguntó:

—¿Han decidido ya?

—Yo tomaré la lasaña de cangrejo y ruibarbo —dijo Max.

—Si eso es lo que le apetece —comentó la camarera.

—Yo tomaré el pez de roca, pero sin la salsa de miel y zumaque.

—Estupendo.

Recogió las cartas y se marchó. Ni rastro de lápiz y papel, pero supongo que a su edad daba por hecho que podía confiar en su memoria.

—¿No tienes la impresión de que estos tres últimos días han sido como retroceder en el tiempo? —continuó Max.

—Como *El día de la marmota* —corroboré.

—¿El día de la marmota? —Se quedó perplejo—. ¿Tienes miedo de ver tu sombra, como en la tradición?

—Me refiero a la película: *El día de la marmota*, *Atrapado en el tiempo*... —le aclaré. Max no era cinéfilo precisamente—.

Esa en la que la gente vive el mismo día una y otra vez hasta que las cosas salen bien.

—Exacto —dijo Max—. Nos han dado otra oportunidad de hacerlo bien.

—Y sin embargo, ¿lo hemos hecho? —le pregunté—. Tú te has presentado sin que nadie te invitara, igual que cuando te mudaste a nuestro piso compartido después de que Polly se casara. Y has traído una mascota sin avisar, igual que trajiste la perra.

—Es cierto —dijo Max encantado—. Y ¡oye! ¡Incluso ha vuelto a aparecer en escena Jared Johnson!

—Sí, da que pensar.

—Hasta ha surgido ese problema de que te quedaras sin trabajo.

—Exacto.

—Entonces, ¿cuántas veces tardaban? —me preguntó.

—¿Tardaban quiénes?

—Los de *Atrapado en el tiempo*. ¿Cuántas veces repetían el día hasta que las cosas les salían bien?

—Muchas. En realidad, perdí la cuenta.

—¿No sería genial? —preguntó—. ¿No te gustaría que el mundo funcionara de verdad así?

Estuve a punto de añadir que les llevaba tanto tiempo que me entraron ganas de levantarme y marcharme del cine en mitad de la película, pero en lugar de eso dije:

—Bueno, sí, supongo.

Entonces volvió la camarera.

—He olvidado mencionar el aperitivo especial de hoy: gamba cruda macerada en tequila con huevas de salmón.

—¡No! —exclamamos (incluso Max), y se marchó de nuevo.

Después de comer, nos dirigimos a la estación de servicio Exxon más cercana para echar gasolina.

—Ya lo hago yo —se ofreció Max cuando paramos.

Pero yo dije:

—No, no, voy yo.

Me preocupaba que insistiera en pagar él. Ya habíamos discutido sobre que yo pagara la comida, aunque era la que había decidido invitarlo.

Bajé de un brinco del coche antes de que pudiera hacerlo él y cogí la manguera del surtidor, lo cual hizo que me saltara sin querer el paso en el que debería haber apretado el botón para poder abrir el depósito del coche. Así que Max tuvo oportunidad de hacer alarde de paciencia y contención mientras se inclinaba desde su asiento y apretaba el botón.

—¡Estaba a punto de hacerlo! —le dije—. Lo he hecho un millón de veces.

En fin, en pocas palabras: acabé con las manos apestando a gasolina. Así pues, cundo llegamos a mi casa, la gata me olisqueó en la puerta de entrada y se esfumó al instante, escaleras arriba.

—¿Celine? —la llamé.

—¿Quién? —dijo Max.

—No... la gata —dije. Me di la vuelta. Fui a colgar el bolso en el armario—. ¡De verdad! Qué tiquismiquis es...

—Espera, ¿se llama Celine? —me preguntó.

—No, bobo. Es solo que tenía que llamarla de algún modo, y se me ha ocurrido eso. —Cerré la puerta del armario.

—¿Significa eso que tal vez te apetezca quedártela? —preguntó, mientras me seguía a la sala de estar.

—No, no, no. Solo significa que no me parece bien que un animal deambule por ahí sin nombre —le dije.

—Ah.

Metió las manos en los bolsillos.

—Vale. Bueno, debería ir a acabar de recoger mis cosas.

—¿Te vas ya? —le pregunté.

—Supongo.

—Imaginaba que antes te echarías la siesta.

—No, ya es hora de que te deje tranquila.

—De acuerdo —dije. Y añadí—: Aunque no pienso hacer nada más por hoy. Si quieres echarte la siesta, estás en tu casa.

—No, tranquila —dijo, y empezó a subir las escaleras.

Debería haber llamado a la gata de nuevo, pero me daba vergüenza repetir su nombre delante de Max. En lugar de eso, fui a la cocina para ver si tenía mensajes en el contestador automático. Un mensaje: de mi madre. «Hola, cariño —decía la grabación—. ¡Siento no haberte pillado en casa! Confío en que no te sientas abandonada después de la boda».

Abandonada era justo como me sentía. Pero no estaba segura de poder echar la culpa a la boda. Me quedé mirando el teléfono; sabía que tenía que llamarla, pero me resistía a hacerlo. Y entonces la gata volvió a aparecer por propia iniciativa.

—Eh, hola —la saludé.

Se frotó contra mis tobillos, zalamera, pero antes de cogerla en brazos me acerqué al fregadero y me lavé a conciencia las manos y los antebrazos, hasta los codos. Luego me sequé y me olí una muñeca. No estaba mal, pensé. Y cuando me agaché para recoger a la gata, no trató de escapar. Ella olía a lana limpia. Enterré la nariz en su cuello e inspiré hondo para absorber su olor, y entonces la saqué de la cocina y subí con ella las escaleras. En el umbral de la puerta de la habitación de invitados, me detuve para ver cómo Max plegaba una camisa. Sin embargo, él no despegó la vista de lo que hacía, como si siguiera solo.

—Oye, me preguntaba... —le dije— qué pasaría si decido quedarme la gata. ¿No dijiste que en la protectora te pondrían pegas si no volvías con ella?

Entonces sí levantó la vista. Dejó de doblar la camisa.

—¿Te refieres a quedártela para siempre? —preguntó.

—El caso es que parece cómoda aquí —dije.

—Claro, le encanta estar aquí. Sí, sí, ¡le encanta! No te arrepentirás, Gail, te lo prometo. En cuanto a la protectora: basta con que rellenes unos papeles, pero te los puedo mandar por mail. Tal vez sea un poco más complicado porque vives en otro estado, pero nada más.

—No pasa nada —dije.

Confiaba en no arrepentirme.

—Y las provisiones —me dijo—. El arenero y tal. El saco de pienso. ¿Por qué no te dejo lo que he traído? Nos permiten hacerlo, cuando el nuevo dueño no tiene material todavía.

—Gracias.

—¡Es genial! —exclamó.

—Sí.

Me quedé allí plantada un instante más. Metió la camisa en la bolsa de lona, que estaba encima de la cama, y se acercó al ropero.

—Bueno... Entonces supongo que ya está todo arreglado —dijo al fin, y yo me di la vuelta para bajar la gata a la otra planta.

Cuando llegué a la sala de estar, saltó de mis brazos como si fuese alguien que ha cumplido una misión. Fue directa a la cocina y la seguí para ver cómo empezaba a comer del bol de pienso.

Tendría que comprar un comedero en condiciones, decidí. De hecho, quizá fuera mejor tener un dispensador automático, para cuando estuviera fuera de casa. Y chucherías para gatos. Desde que había llegado la gata, había echado de menos tener algún juguete con el que invitarla a acercarse.

¿Le gustarían los rascadores? ¿Y a qué gato no le gustaban los rascadores? Quizá uno de esos postes con forma de árbol y varias alturas. Podría ponerlo junto a una ventana, para que pudiera observar los pájaros a su antojo.

Oí los pasos de Max en la planta de arriba, pero no se acercaban. Al final, me acomodé en el sofá y la gata entró con calma al cabo de un momento y se sentó en la alfombra a lavarse la cara. Entonces Max dejó por fin el cuarto de invitados y bajó las escaleras. Pero me quedé sentada.

—Todo listo —dijo al llegar a la sala de estar. Llevaba la bolsa de deporte colgada del hombro y la de Lerner Brothers en la mano—. Bueno, te confirmo que la gata tiene chip —me dijo—. Y todas las vacunas en regla.

—¿Chip? —pregunté.

—Sí, claro, el microchip electrónico. Se lo puso la veterinaria. Por si tienes que verificar su documentación. Además, no creo que haya complicaciones con lo del cambio de estado, pero lo comprobaré todo antes de mandarte los papeles.

—Gracias —dije.

—Al revés, ¡gracias a ti! —contestó. Y a continuación dijo—: Es otro momento de *Atrapado en el tiempo*, ¿verdad? Al principio tampoco te hacía gracia mi perra, pero luego libraste una lucha encarnizada con tus compañeras de piso para evitar que la echaran.

Estaba exagerando, por supuesto. Lo único que tuve con ellas fue una discusión civilizada. Pero dije:

—Bueno, claro, ¡porque era Barbara! Ay, la pobre y vieja Barb.

—La pobre y vieja Barb... —corroboró. Entonces se volvió hacia la gata y dijo—: Hasta la vista, Miss Celine. Le aseguro que se ha procurado usted un refugio de lo más acogedor.

Celine continuó limpiándose la cara con mucha concentración.

—Finge que no me oye —dijo Max— por si todavía tengo en mente llevármela conmigo.

Entonces se dirigió a la puerta y me levanté para seguirlo. Ahora ya hacía calor de verdad, me di cuenta en cuanto puse un pie fuera.

—Menos mal que hemos salido temprano a dar el paseo.

—Pues sí.

Bajamos los escalones de la entrada.

—No se me ha ocurrido preguntarte si trabajas este verano —dije.

—Solo media jornada —me contestó—. Algunos de los chavales se quedan si no tienen ningún otro sitio al que ir, pero en verano es más como un campamento de día.

—Suena bien —comenté.

—Pues sí.

Nos detuvimos junto a su coche. Por una vez, estaba a una distancia razonable del mío, porque yo había aparcado la última. Abrió el maletero para meter la bolsa y luego lanzó encima la de Lerner Brothers.

—¿Me recuerdas cómo se llamaba tu escuela? Siempre se me olvida.

—Cornboro Special.

—Ah, sí.

Siempre me había parecido un nombre poco afortunado. «Special» sonaba una pizca sospechoso, como todo lo «especial». Pero, como es natural, no se lo dije. Me quedé ahí sonriendo y mirándolo a la cara. Aunque él tampoco siguió con el tema.

—Bueno, pues me marcho ya, entonces —dijo—. Gracias por dejar que me alojara aquí.

—Cuando quieras —le contesté.

Levantó la palma de la mano en una especie de saludo militar y luego rodeó el coche, se metió por la puerta del conductor y arrancó. Me quedé mirando hasta que el coche giró a la izquierda al final de la manzana antes de volver a casa.

Celine no se había movido de la alfombra, pero había progresado en la limpieza: había terminado con la cara y ahora estaba con las espinillas.

—Hola, preciosa —le dije.

No levantó la cabeza. Fui a la cocina y metí un par de vasos en el lavavajillas. Sequé la encimera. Colgué el trapo. Aparté una silla de la mesa y me senté para llamar a mi madre, por fin.

—Hola, mamá —dije cuando contestó—. Perdona que haya tardado un rato en devolverte la llamada. He tenido a Max por aquí hasta hace un momento.

—Bueno, solo te llamaba para asegurarme de que no echabas de menos a tu niña.

—No, estoy bien. O sea, claro que la echo de menos, pero estoy contenta de que la boda saliera bien. De hecho, me llamó esta mañana para decirme que se lo había pasado genial.

—Sí, también me llamó a mí —dijo mi madre.

—Ah, perfecto. Y sé que telefoneó a Sophie y Rupert.

Por cierto, ¿debería preocuparme que pasara tanto tiempo al teléfono con nosotros en lugar de concentrarse en su esposo, con el que acababa de casarse?

No, pensé. Déjalo.

—Habrá sido un poco estresante tener a Max tanto tiempo en tu casa —me decía mamá en ese momento.

—En absoluto. Incluso hemos comido fuera antes de que se marchara. En The Cultured Crab.

—¡Aaay! Cuéntame —dijo mi madre—. ¿Qué has pedido?

—Eh, pues no sé. Algo de pescado. Y voy a quedarme con la gata que trajo.

—No me digas.

—Resulta que es muy simpática.

—Pero ¿qué vas a hacer cuando Kenneth vaya de visita?

—Kenneth —dije—. Bueno, no creo que sea para tanto. Puede usar el chisme ese... como se llame, si le dan estornudos.

—Haz lo que quieras —dijo mi madre—. Ya sabes que no soy muy fan de los gatos. Siempre me han parecido fríos.

—¡Los gatos no son fríos! —exclamé—. Solo protegen su dignidad, por si los rechazan. «Yo te rechazo antes», dicen con su actitud.

—Sí, me lo has dicho muchas veces.

—Bueno, es igual. Te llamo en unos días, ¿de acuerdo? Podemos ir al cine si hay algo que valga la pena.

—Sería genial —contestó—. Adiós, cariño.

—Adiós, mamá.

Colgué.

Volví a la sala de estar. Me senté en el sofá. Fue más bien como desplomarme, en sentido literal.

¿Qué se suponía que debía hacer con el resto de mi vida?

Soy demasiado joven para esto, pensé. No demasiado vieja, como podría esperarse, sino demasiado joven, demasiado inepta, demasiado ignorante. ¿Cómo es que no había ningún adulto cerca? ¿Por qué todo el mundo daba por hecho que yo sabía lo que hacía?

Menos mal que tenía a Celine. Había saltado al sofá y ahora estaba a mi lado, así que podía entretenerme en pasar la yema del dedo índice por el perfil de su elegante nariz, cosa que hacía que la gata cerrara los ojos y ronroneara.

Lo que debería haberle dicho a Max era...

Lo que debería haberle preguntado...

Lo que debería haberle aclarado...

Ay, ¿por qué estaba tan atascada?

¿Cómo era posible que, en medio de un campo dorado, yo no tuviera la menor idea de si era de trigo, centeno o cebada? ¿Por qué había memorizado la admiración de Max cuando me cogió la cara, su expresión de auténtica adoración, pero no había pensado ni un instante en si yo lo adoraba a él?

Sonó el timbre de casa, pero hice oídos sordos. La gata, sin embargo, huyó de inmediato, sin hacer siquiera el amago de prepararse para el salto.

Hasta ahora, había imaginado que me había sentido atraída por Andrew Mason porque era alguien desconocido y misterioso. Sin embargo, creo que lo conocía muy bien. Yo era él. Había reconocido su distancia, y su sonrisa cohibida, y su absoluta certeza de que, como él tomaba el café solo, no había necesidad alguna de sacar leche o azúcar para nadie más.

Oí que un hombre me llamaba desde el porche.

—¿Gail?

Me dije que sería... No sé. ¿Un vecino? ¿Alguien del colegio? La única razón por la que me sonó igual que Max fue porque había estado pensando en él.

Me levanté y fui a abrir la puerta.

—De repente se me ha ocurrido una cosa —me dijo Max. Se había quedado un poco apartado de la entrada, con los brazos caídos junto al cuerpo, como para demostrar que era inofensivo—. Sobre el asunto de los papeles de la adopción. ¿Sabes qué sería lo más fácil? Que pusiera mi nombre en los documentos. Yo resido en Delaware.

—Ah —dije—. No me lo había planteado.

—Con tu nombre también, quiero decir. El tuyo y el mío, de manera conjunta. No sería mentira del todo. En especial, si al cabo del tiempo terminases por mudarte a Cornboro.

Entonces inclinó la cabeza.

—¿Gail? —preguntó—. ¿Qué opinas?

Corría el año 2023, y casi todos los hombres, mujeres y adolescentes de Estados Unidos tenían teléfono móvil, incluido Max Baines. Podría haberme llamado mientras conducía. O haber parado un momento en la cuneta para llamarme. O incluso haber esperado hasta llegar a casa para telefonearme entonces. Y sin embargo ahí estaba, en persona, plantado en la puerta de mi casa.

Eso me dio valor, por fin, para salir al porche y cogerle la cara entre las manos. Observé sus mejillas dulces y rasposas, la piel satinada por debajo de sus ojos marrones y la frente arrugada por la preocupación, y lo memoricé todo antes de besarlo.

Índice

Uno. El Día de Belleza 7

Dos. El Día D 75

Tres. El día después 127

Este libro
terminó de imprimirse
en Barcelona
en septiembre de 2025

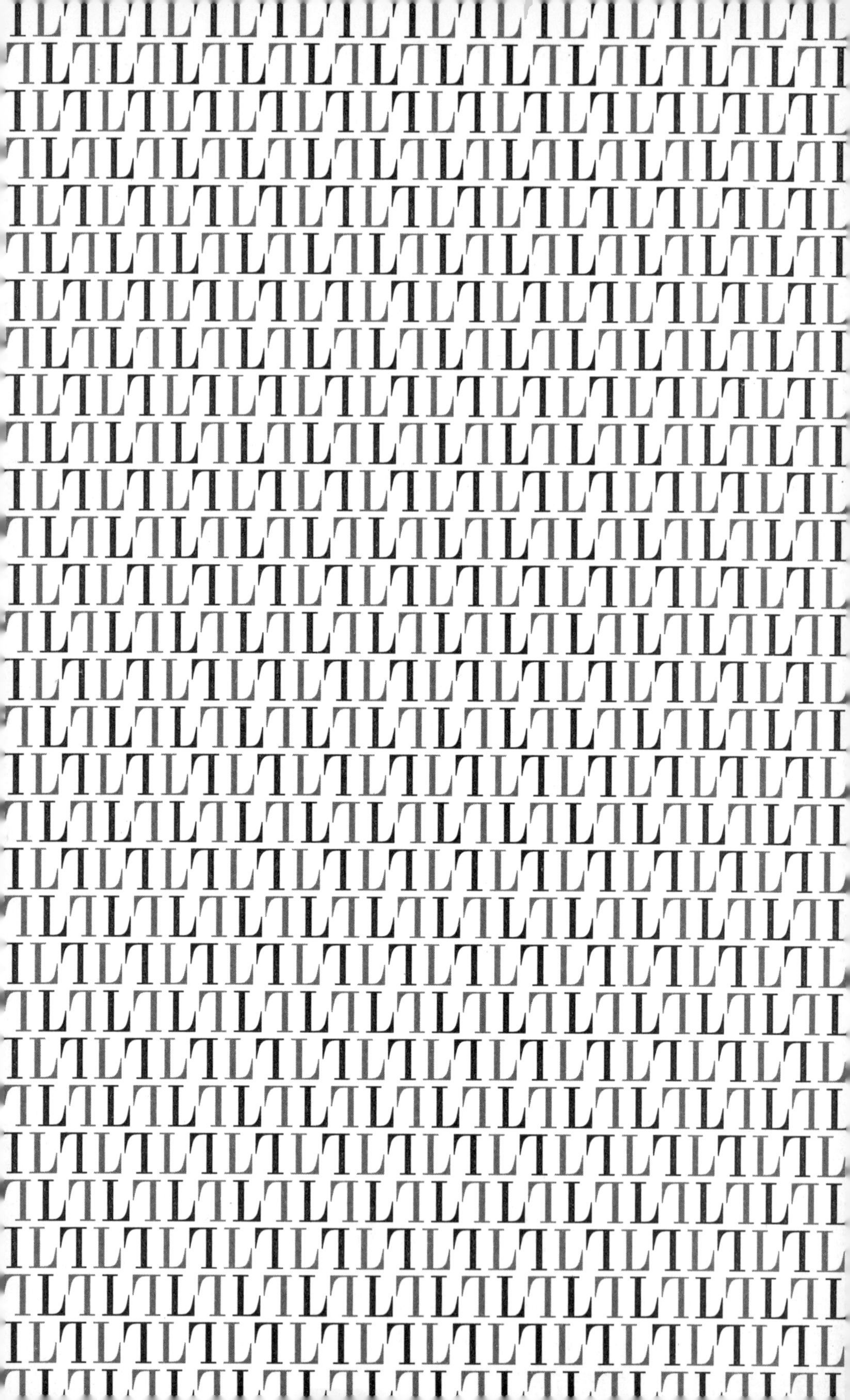